KB262792

THE
TOWER
OF BABEL
바벨의 탑
FANTASY FRONTIER SPIRIT
푸른 하늘 장편 소설

바벨의 탑 9
푸른 하늘 장편 소설

초판 1쇄 찍은 날 § 2013년 7월 23일
초판 1쇄 펴낸 날 § 2013년 7월 29일

지은이 § 푸른 하늘
펴낸이 § 서경석

편집부장 § 권태완
편집책임 § 어정원
디자인 § 이혜정

펴낸곳 § 도서출판 청어람
등록번호 § 제1081-1-89호
등록일자 § 1999. 5. 31
어람번호 § 제1-1646호

주소 § 경기도 부천시 원미구 심곡2동 163-2 서경B/D 3F (우) 420-822
전화 § 032-656-4452팩스 § 032-656-4453
http://www.chungeoram.com
E-mail § chungeorambook@daum.net

ⓒ 푸른 하늘, 2012

ISBN 978-89-251-3386-7 04810
ISBN 978-89-251-3114-6 (세트)

TOWER OF BABEL

FANTASY FRONTIER SPIRIT

THE

바벨의 탑

푸른 하늘 장편 소설

9

[황금의 땅 필리핀]

CONTENTS

Chapter 01
착하게 살자

의외로 쉽다?

지금 진운이 느끼는 것은 그 감정 하나였다.

사실 이미 진운에 대해서 어느 정도 알려진 것이 있기에 만약에 카르돈으로 들어가는 입구에서 병사들이 막아서면 빠르게 통과해서 그대로 황궁으로 직행할 생각이었으니 말이다.

하지만 이건 정말 대륙을 양분하고 있는 제국의 하나인 카르돈 제국의 수도인 카르돈으로 들어가는 검문이 맞는지 의심스러울 만큼 쉽게 통과된 것이다.

로브를 쓴 채 얼굴만 보여주고 용병패를 보여주자,

"통과~"

병사는 일말의 의심조차 하지 않고 진운을 통과시켜 버렸으니 말이다.

오히려 너무 쉽게 통과된 것이 살짝 당황스러운 진운이었다.

하지만 수도 카르돈에 발을 들이고 나서 수도의 중심부에 떡~ 하니 버티고 있는 황궁을 보고 있자니 왠지 올 테면 와봐라 하는 느낌을 받았다.

"자신감이라… 이거군."

사실 진운이 세상에 알려진 것은 대륙에 나타난 여섯 번째 마스터라는 것, 그리고 마스터를 죽은 마스터슬레이로 불린다는 것 외에 그냥 검은 머리카락이 특징이라는 점뿐이었다.

하지만 사실 대륙에 검은 머리카락이 희귀하긴 하지만 아주 없는 것이 아니기에 사실 진운으로 오해받은 사람이 제법 있는 편이었다.

그리고 사실 아무리 마스터라고 해도 진운은 배경이 전혀 없는 떠돌이인 것이다.

일반적으로 생각해 볼 때 단신으로 제국의 심장부인 수도 카르돈으로 공격해 들어온다? 누가 봐도 미친 짓인 것은 분명했다.

아무리 마스터가 강하다고 해도 마스터도 인간인 이상 베이면 피가 나고 찔리면 죽을 수 있다.

거기다 체력이 강할 뿐, 결과적으로 마스터라고 해도 지치게 마련이었다.

특히나 대륙의 마스터들이 오러 블레이드를 유지하고 활동할 수 있는 시간이 거의 30분에서 1시간 정도로 알려져 있기에 지금 이곳 수도 카르돈에 진운이 단신으로 쳐들어 올 것이라 예상하는 사람이 있을 리가 없었다.

거기다 대륙을 양분하고 있는 제국의 자존심과 더불어 매일 수천 명에서 수만 명이 오가는 수도이기에 확실한 신분 증명만 되면 쉽게 통과되는 것은 어쩌면 당연했다.

"확실히… 잘 만들었네."

수도 카르돈의 밖에서 본 우뚝 솟아 있는 황궁의 모습과 지금 수도 안으로 들어와 제법 가까운 곳에서 본 모습은 너무나도 달랐다.

멀리서는 막연히 웅장한 느낌이었다면 가까이서 본 것은 웅장함과 더불어 섬세한 수많은 장인들의 손길이 닿아 있는 것이다.

이는 마치 황궁이 아니라 처음부터 하나의 커다란 바위 덩어리를 깎아서 만든 듯한 일체감까지 느껴지기에 아무리 진운이라도 감탄할 수밖에 없었다.

사실 황궁이 진운에게 잘못한 것은 없다.

그저 황궁 안에 사는 녀석들이 죽일 놈들일 뿐이었다.

"…저걸 꼭 부숴야 하나."

사실 이번에 지구로 돌아가면 한동안은 대륙으로 올 생각이 없는 진운이었다.

대륙은 진운에게 안전한 곳이라는 인식이 이번 김미영이 죽을 뻔했던 사건으로 인해 완전히 뒤집어져 버렸으니 말이다.

거기다 이미 일행 모두에게 의견을 구한 상태이기도 했다.

진운과 함께 지구로 가서 살아가야 한다는 말에 모두가 다 고개를 끄덕이면서 승낙한 상태였다.

거기다 지구로 돌아가는 가장 큰 걱정거리 중 하나가 바로 게티아 안에 봉인되어 있는 레오날드의 마력 회복이었는데, 막상 대륙으로 넘어와 보니 의외로 간단하게 해결되어 버렸다.

본래 레오날드가 생활하던 대륙으로 와서 그런지 천천히 마력이 회복되고 있다고 했다.

그 증거로 진운이 게티아를 손가락에서 뺄 때 레오날드가 먼저 대화를 걸어왔을 정도였으니 말이다.

　한마디로 그냥 게이타에 봉인된 레오날드의 마력이 회복되기만을 앉아서 기다렸다가 차원이동할 수준으로 회복되면 그대로 넘어가 버리면 끝날 만큼 가장 큰 걱정거리가 해결된 상태라 할 수 있었다.

　그렇기에 지금은 진운이 김미영을 죽기 직전까지, 아니, 사실상 잠깐 가사상태까지 몰아붙였던 카르돈 제국에 복수하기 위해 와 있는 것이다.

　그런데 마나의 경지가 높아져서인지 아니면 어느 정도 마음에 안정이 되어서인지 막상 수도 카르돈 안으로 들어와 누가 봐도 아름다운 황궁을 보고 있자니 꼭 저걸 부숴야 하나? 하는 생각이 갑자기 들기 시작했다.

　“…그냥 카르돈에 남아 있는 마스터라는 공작을 죽이고 황제를 조금 겁만 주면 되지 않을까?”

　사실 복수를 한다고 오긴 했지만 막상 와보니 그 대상을 정하는 것이 은근히 골치 아픈 진운이었다.

　사실 그냥 미친 척하고 전력으로 상대한다면 수도 카르돈 정도는 충분히 진운이 박살 낼 수는 있었다. 그럴 자신도 있었고 말이다.

　수만의 병사? 수천 명의 기사? 마스터? 그게 무슨 소용이란 말인가.

　진운 앞에서는 그저 짚단베기와 다를 게 없는 녀석들이

수만 명이 있어 봐야 그게 그거일 뿐이었다.

하지만 그러기에는 딱히 진운과 원한을 진 녀석들이 너무 적었다.

그리고 피에 굶주린 살인마도 아니고 사실 피 보기를 그리 좋아하지 않는 진운의 성격에도 맞지 않았으니 말이다.

그래서 처음에는 황궁까지만 그냥 박살 낼 생각으로 왔는데, 막상 와보니 황궁이 너무 잘 만들어진 것이다.

예술의 가치를 따지는 심미안이 낮은 진운이 봐도 황궁의 모습은 시간이 갈수록 그 가치가 높아만 가는 하나의 예술작품을 보는 것 같았으니 말이다.

거기다 지금 진운과 같이 수도 카르돈으로 들어오는 수천 명의 사람 대부분이 황궁의 아름다움을 듣고 구경하러 온 사람들이었으니 말이다.

"…그냥 딱 두 놈만 처리할까."

사실 레이나와 아이린은 자신들에게 현상금을 내걸은 공작을 죽이려 수도 카르돈으로 가겠다 했을 때 진운의 행동을 극구 말렸었다.

진운의 실력을 믿지 못해서가 아니라, 오히려 그 반대로 카르돈 제국이라는 나라가 대륙의 지도상에서 사라질지도 모른다는 걱정 때문이었다.

현재 카르돈 제국에는 마스터가 한 명뿐이었다.

하지만 아르돈 제국은 현재 두 명이나 건재해 있는 것이
다.

전쟁 억지력을 가진 마스터의 존재가 이미 진운의 손에
의해 반 토막이 난 카르돈 제국은 사실상 조금 위태롭다고
할 수 있었다.

그나마 제국이라는 이름에 걸맞은 병사와 기사를 보유하
고 있기에 아슬아슬하게 아르돈 제국과 힘의 균형을 맞추
고 있는 상태인 셈이었다.

하지만 만약에 이번에 진운이 가서 카르돈 제국의 남은
마스터 한 명까지 죽여 버린다면?

상황이 심각해져 버릴 수 있었다.

거의 몇 백 년간 대륙에는 사실 전쟁다운 전쟁이 일어난
적이 없었다.

워낙에 아르돈 제국과 카르돈 제국의 힘이 큰 것도 있지
만 근처에 작은 왕국들은 모두 두 제국의 지시를 받는 모습
으로 변한 상황이었다.

그러니 굳이 전쟁을 할 필요가 없었던 것이다.

그런데 카르돈 제국에서 마스터 두 명이 모두 죽는다면?

당연히 아르돈 제국뿐만이 아니라 카르돈 제국을 따르던
다른 소수 왕국들도 어떻게 변할지 그 누구도 장담할 수 없
는 상황에 빠져 버릴 수 있었다.

　한마디로 진운이 하려는 짓은 대륙을 커다란 전쟁터로 만들 수 있는 가능성이 거의 90%나 되는 일이다.

　그런데 그런 레이나와 아이린의 만류에도 불구하고 진운은 이렇게 말했다.

　“내 가족을 건드린 대가는 받아야지. 안 그래? 그게 설사 황제라도 말야.”

　“……”

　“……”

　가족에 관해서라면 거의 집착에 가까울 만큼 민감하게 반응하는 진운의 성격을 아는 레이나는 그 말 한마디에 입을 다물고는 포기해 버렸다.

　이후 아이린 혼자 조금 더 설득해 보았지만, 그 결과는 레이나와 다르지 않았다.

　“내가 힘이 없었다면… 내가 마스터를 죽일 힘이 없었다면 그냥 참아야 했겠지. 하지만 제국이 자신들이 가진 힘으로 건드렸다면 당연히 나도 내가 가진 힘으로 복수할 뿐이야. 그게 전부야. 복잡할 거 없어.”

　한마디로 힘이 있는데 왜 참아야 하냐는 진운의 말에 아이린도 더 이상 어떻게 할 수 없었던 것이다.

　아이린 자신도 만약에 자기에게 진운만큼, 아니, 진운의 1/10 정도만 되는 힘이라도 있었다면 자신의 가문을 허무하게 잃어버리지 않았을 테니 말이다.

*　　　*　　　*

"그래도 시작은 화려해야겠지?"

진운은 일직선으로 쭈욱 뻗어 있는 커다란 대로를 따라 마냥 걸었다.

그리고 이미 황궁의 정문으로 보이는 커다란 문과 수백 명의 병사, 그리고 수십 명의 기사가 지키고 있는 곳에 도착할 수 있었다.

커다란 문에는 짜임새 있게 강철로 만들어진 뼈대가 덧대어져 있는 것이 보기에만 화려한 황궁이 아님을 여실히 보여주고 있는 듯했다.

공성용 병기를 사용해도 웬만해서는 황궁의 정문을 뚫기 어려워 보일 만큼 튼튼한 외관을 자랑했으니 말이다.

물론 일반적인 상식선에서는 지금 황궁의 문은 너무나도 견고하고 튼튼하면서도 안전한 황궁의 지킴이이긴 했다.

아직까지는 말이다.

저벅저벅.

처음에는 진운이 황궁의 정문을 향해서 걸어가는 진운의 모습이 다른 관광객들과 섞여서 별다를 게 없었다.

하지만 사람들의 접근이 허용된 거리를 벗어나자 대번에 사람들의 시선을 사로잡기에는 충분했다.

"뭐지, 저 사람?"

"용병인 것 같은데……?"

"봉사인가? 앞을 못 보니 금지선을 넘어간 거 아닌가?"

사람들이 접근 허용거리를 넘어서 계속 걸어오자 웅성거리는 말소리가 들려왔다.

하나 진운은 그런 것은 아랑곳하지 않고 계속 걸었다.

"거기 서랏!!"

결국 얼굴도 비칠 만큼 번쩍거리는 갑옷을 입은 기사가 진운의 앞을 가로막고서야 진운의 걸음을 멈출 수 있었다.

챙~!!

"더 이상 접근하면 적으로 간주하고 베어버린다. 얼른 돌아가라!"

허리에 검을 뽑아 들고 진운을 똑바로 겨누더니 재차 경고를 했다.

그런데 그런 기사의 경고에 진운은,

씨익~

입가에 미소를 한번 지었을 뿐이다.

그리고,

스윽~

쾅!!

털썩.

여섯 걸음 이상 떨어져 있던 진운이 갑자기 사라지더니 자신을 세운 기사의 바로 코앞에서 나타남과 동시에 기사가 하늘로 떠올라 버린 것이다.

"……."

카르돈 제국의 수도 카르돈에서, 그것도 황궁 바로 정문 앞에서 벌어진 일이라고는 믿을 수 없는 장면에 한순간 수백 명의 사람이 있다는 것도 잊을 만큼 고요함이 흘렀다.

꿈틀… 꿈틀…….

사람이, 그것도 갑옷을 입은 기사가 저렇게 하늘로 떠오를 수 있다는 것도 놀라웠지만 더욱 놀라운 것은 단 한 방, 주먹 한 방에 즉사해 버렸다는 사실이다.

"…저, 적!! 적이다!! 적이다!!"

"적이다!! 기습이다!!"

황궁을 구경하러 온 수백 명의 사람은 병사들의 외침을 듣고서야 방금 자신들이 본 것이 뭔지 이해가 되기 시작했다.

하지만 그 누구도 지금 자신이 서 있는 자리에서 벗어나는 사람은 없었다.

사실 자신들이 봐도 지금 용병 차림의 진운은 혼자였다.

물론 기사를 주먹 한 방에 즉사시키는 무력이 대단하긴 했지만, 이곳은 엄연히 카르돈 제국의 수도인 카르돈이다.

그것도 바로 가장 경계가 삼엄하고 수도의 병사와 기사들이 집결해 있는 황궁 바로 앞이었다.

그렇기에 지금 이 싸움은 누가 봐도 진운이 미친놈으로밖에 보이지 않았다.

말이 황궁 앞이지, 실제로 제국 대 용병 1인의 싸움이나 마찬가지였으니 말이다.

거기다 처음 앞을 막은 기사를 처리했을 뿐, 진운이 조금도 움직임이 없자 구경꾼들은 미친놈이 뒤늦게 정신 차리고 겁을 먹어 얼어버린 것으로 오해하기 시작했다.

다다다다다다~!!

기습이라는 말이 끝나는 것과 동시에 몇 분 만에 정문이 열리더니 수백 명의 병사와 수십 명의 기사가 쏟아져 나왔다.

물론 순식간에 진운을 둘러싸는 것은 말할 필요도 없었고 말이다.

챙!!

"네놈은 누군데!! 감히 신성한 카르돈 제국의 황성 앞에서 이런 천인공노할 짓을 하는 것이냐!!"

역시나 가장 있어 보이는 기사 하나가 방금 전 진운의 주먹에 맞아 죽은 놈과 똑같은 자세로 검을 뽑더니 똑같은 모양으로 검을 겨누면서 진운에게 호통을 쳤다.

씨익~

진운은 대답도 하지 않고 입가에 미소만 짓더니,

스윽.

"헉!! 또 사라졌다……!!"

"설마!!"

병사에게 둘러싸여 있긴 했지만 유명한 관광지 중 하나인 특성상 조금 떨어진 곳에 있는 관광객의 눈에는 진운이 또 사라진 장면이 똑똑히 보였다.

그리고 진운이 사라지는 순간 그들의 뇌리에는 설마하는 생각이 들었고.

쾅!!

부우웅…….

쾅쾅……! 털썩.

역시나 마치 비디오를 되돌린 것처럼 똑같은 자세로 진운의 주먹에 맞아 허공을 날아오른 기사는 정확하게 처음 날아가 버린 기사가 누워 있는 곳 바로 옆으로 떨어져 버렸다.

"……."

또다시 카르돈 황궁 앞에 퍼진 고요함이었다.

사실 전쟁은 숫자 싸움이라고들 한다.

물론 그게 맞는 말이긴 했다.

특히나 이곳 대륙처럼 창과 칼, 그리고 마법과 화살 등이 무기의 대부분인 곳에선 병사의 숫자가 한마디로 그 나라의 국력을 보여주는 것이나 마찬가지인 셈이다.

물론 마스터가 전쟁 억지력을 가질 만큼 대단하긴 했지만 그런 마스터의 뒤를 받쳐줄 병사의 숫자도 결코 무시할 수는 없다.

그만큼 싸움이나 전쟁에서 숫자는 늘어나는 만큼 그 위력이 몇 배나 강해지는 것은 당연했다.

조직폭력배가 무서운 것도 폭력배 그 개인이 무서운 게 아니라 조직폭력배라는 집단이 무서운 것이니 말이다.

하지만 숫자보다 더 중요한 것이 있으니 그게 바로 기세였다.

마스터가 전쟁 시에 엄청난 전략적 병기로 취급받는 것도 그 등장과 함께 상대를 주눅 들게 만들고 반대로 아군에게는 엄청난 힘과 사기를 불어넣기에 그렇다.

그것이 바로 전쟁의 기세의 중요함이었다.

그렇기에 지금처럼 혼자서 다수의 적을 상대해야 하는 상황에선 먼저 기선을 제압하는 것이 무엇보다 중요했고 그걸 진운이 모를 리가 없었다.

능력, 가문, 외모 등 무엇 하나 빠지는 게 없는 기사들이었다.

그런데 그런 기사가 벌서 두 명이나 즉사해 버렸다.

그것도 개인당 주먹 한 방에 말이다.

기습을 했다면 차라리 이해라도 할 텐데, 진운은 맨손으로 검까지 뽑아 든 기사를 상대로 정면에서 주먹질 한 방으로 죽여 버렸으니 지금 주변이 조용해지는 것은 어쩌면 당연했다.

어설픈 무력은 오히려 해볼 만하다는 생각을 심어줄지 모르지만, 지금 진운이 보여준 무력은 자신들 눈앞에서 뭐가 벌어졌는지도 모를 정도였다.

왜 자신들의 상관인 기사가 죽었는지 아직 이해 못하는 병사와 동료 기사들이 있을 정도였으니 말이다.

한편 그런 병사와 기사들과 달리 진운은 태연하기만 했다.

"음……. 하트 브레이크, 이거 쓸 만하네."

마스터 스킬 중에 하나였지만, 검을 사용하지 않고 주먹을 쓴다는 것 때문에 사실 진운도 딱히 큰 임팩트가 있어 보이지 않아 딱히 기대하지 않았다.

하지만 아무리 하찮아 보이더라도 마스터 스킬에 속하는 기술이 약할 리 없었다.

하트 브레이크.

이 기술은 주먹에 마나를 실어 적의 심장을 정확하게 때려 시전자의 마나를 폭발시킨다.

그리고 이에 맞는 순간, 상대는 그대로 즉사해 버리게 되는 기술이다.

그렇기에 진운의 하트브레이크를 맞고 죽은 기사들은 자신들이 왜 죽었는지도 모를 것이다.

그만큼 죽을 때 고통조차 없는 기술이었으니 말이다.

"…마, 마, 마스터다!!"

거의 몇 분 동안 고요한 적막이 흐르던 와중 황궁의 기사 하나가 진운을 향해 손가락질 하면서 외쳤다.

"마스터!!"

"설마……!!"

그리고 때마침 진운이 쓰고 있던 로브의 모자를 슬쩍 벗어 검은 머리카락을 드러내자,

"…마, 마스터 슬레이!! 마스터 슬레이가 나타났다!!"

이제야 진운의 검은 머리카락을 알아본 병사들은 술렁이기 시작했고, 기사들도 놀란 토끼눈이 되어버렸다.

"마스터 슬레이……? 정말 저 사람이?"

"검은 머리카락에… 맞는 것 같은데?"

진운의 뒤편에서 구경하던 사람들도 기사들이 외치는 소

리를 들었다.

그러곤, 미친 용병이라고 생각했던 사람이 대륙을 떠들썩하게 만든 마스터 슬레이란 소리를 들으니 노골적으로 진운을 쳐다보기 시작했다.

"어머, 어쩜 저리 듬직할까~"

"멋져. 저 가슴에 안기면 뼈가 부서져도 좋아……. 하응~"

몇몇 여자들은 조금 전과 달라질 것 없는 모습이지만 마치 진운의 몸에서 빛이 뿜어져 나오는 듯 착각에 빠지는 사람도 일부 보였다.

미친 용병의 황궁 난입이라는 작은 유흥 거리가 순식간에 마스터 슬레이의 왕궁침입이라는 형태로 바뀌자 구경꾼들은 더욱 흥미진진했을 것이다.

하지만 반대로 진운을 둘러싸고 있는 병사와 기사들은 죽을 맛이었다.

진운은 모르지만 방금 진운이 하트 브레이커로 죽여 버린 기사가 바로 이곳 정문을 총괄 책임지고 있던 기사였다.

거기다 황실을 지키는 기사단의 부단장 위치에 있으며, 장차 마스터가 될지도 모른다고 입을 모아 말하는 기사로 귀족들의 관심을 받았던 녀석이었다.

하지만 인생사 바로 앞날을 보지 못한다고 했던가?

이렇게 허무하게 죽어버릴 줄은 몰랐으니 말이다.

쾅!!

갑자기 황궁의 정문 앞에 커다란 쇠로 만들어진 창살이 내려오더니 마치 공성전하는 듯 완전 문을 굳게 잠궈 버렸다.

그러나 진운 앞에선 아무것도 아니었다.

자신을 둘러싸고 있던 수백 명의 병사 눈앞에서 홀연히 사라진 진운은 황궁의 정문으로 모습을 드러냈다.

그리고,

콰콰콰쾅!! 콰지직!!

제국민들이 전시에도 한 달은 너끈히 버틴다고 장담하던 굳게 닫힌 그 문을 무슨 종이 찢어 버리듯 산산이 부숴 버리고는 유유히 안으로 걸어 들어가 버린 것이다.

“…저건 도대체…….”

“…인간이 아니야……. 저건 인간이 아니야.”

아무리 강해도, 마스터라고 불린다고 해도 지금 병사들이 본 진운의 무력은 차원을 넘어선 것이었다.

마치 드래곤이 나타나 브레스로 황실 정문을 부숴 버렸다면 그나마 드래곤이라고 이해라도 할 터였다.

그러나 자신들과 같은 인간이 어떻게 저러한 무력을 가질 수 있는지 도저히 이해 못 하겠다는 표정들이었으니 말이다.

오러 블레이드가 회전한다는 것도 처음 봤다.

하나 지금까지 그저 더욱 날카롭게 만들어서 잘라 버린다는 것뿐이라는 고정관념이 황실을 굳건히 지키고 있던 문이 부서져 날아가 버림과 동시에 박살 난 날이기도 했다.

뻥~

원래 황궁의 정면 입구를 막고 있던 문이 마치 없었던 것처럼 깨끗하게 뚫려 버린 황궁이다.

그 안으로 유유히 들어가는 진운의 뒷모습을 보는 병사들은 뭐라도 해야 한다는 생각조차 잊어버린 듯 망연히 서 있었다.

그리고 그날, 대륙 역사상 제국 황실이 단 한 사람에게 점령되는 역사가 탄생한 순간이었다.

다만, 진운이 다녀간 뒤로 카르돈 황실에서는 황제의 명령으로 검은색을 가진 모든 것이 사라지는 기이한 현상이 생겼다.

무슨 일이 있었는지는 모르지만 마스터로 알려진 공작도 살아 있고 황제도 멀쩡했으며 황실도 정문이 부서진 것 외에는 딱히 파손된 것도 없는, 어떻게 보면 별거 아닌 일일 수도 있었다.

그러나 단 한사람에게 속수무책으로 황실이 뚫렸다는 것

은 대륙 전역으로 퍼질 수밖에 없었다.

　처음부터 본 사람이 너무나 많았기에 소문만큼은 절대로 막을 수가 없는 카르돈 제국이었다.

　하지만 그 누구도 카르돈 제국을 비난하거나 조롱하는 일이 없다는 게 더욱 신기한 상황이었다.

Chapter 02
집으로

“이제 돌아가야지.”

진운이 앞에 서서 한마디 하자, 소지훈과 김미영은 그래도 집으로 돌아간다는 말에 기쁜 듯 입가에 미소를 지었다.

이렇게 집으로 돌아가기까지 제법 시간이 흘렀다.

진운이 카르돈 제국의 수도 카르돈에 있는 황실에 쳐들어가 깽판 치는 초대형 사고를 친 지 1년이 지난 시간이었다.

레오날드가 만약을 위해 자신의 마기를 모아둔 마정석을 숨겨둔 곳이 있었고 수고스럽지만 진운이 찾아간 덕에 그나마 1년밖에 걸리지 않은 것이다.

그냥 자연적으로 게티아 안의 레오날드의 마기가 회복되길 기다렸다면 아마 10년이 걸려도 불가능했을지도 모를 만큼 회복시간이 더디기만 했었다.

물론 지구처럼 완전히 회복할 방법이 없는 것보다는 그나마 낫지만 말이다.

하나, 진운은 집으로 돌아가는 것은 돌아가는 것이지만 레이나가 마음에 걸렸다.

김미영과 소지훈은 본래 지구에 살던 사람이니 상관없었고, 아이린과 본의 경우 대륙에서 더 이상 지내는 것이 불가능하기에 선택의 여지가 없었다.

그리고 진운이 길에서 주운(?) 노예 신분의 리엘은 당연히 죽어도 진운의 옆에서 죽겠다고 했고, 대륙에 있어 봐야 좋을 게 없는 리엘이기에 원하면 데리고 갈 생각이었다.

그런데 다른 일행과 달리 레이나는 상황이 조금 달랐다.

레이나에게는 엄연히 하이엘프라는 위치와 더불어 엘프를 위해 살아가야 하는 운명이 있었으니 말이다.

사실 지금까지 진운 때문에 엘프 마을을 찾아가지 않았을 뿐, 이제라도 레이나가 원하면 돌아가야 했었다.

그리고 이번에 지구로 돌아가면 아마 대륙으로 한동안 넘어올 일이 없을 것이기에 더더욱 마음에 걸리는 것이다.

"진운."

"응?"

진운이 레이나를 보면서 뭔가 망설이는 듯하자 아이린이 슬쩍 다가오더니 말했다.

"지금 레이나 언니와 같이 가야 할지 말아야 할지 고민하는 거죠?"

뜨끔~!

속마음이 들린 것이 살짝 표정으로 드러날 뻔했지만 진운은 조용히 고개를 끄덕였다.

아이린도 일행으로 받아들인 이상 딱히 숨길 생각도 없었으니 말이다.

"맞아."

"뭘 망설이는 거예요? 같이 가자고 손을 내밀면 되잖아요."

아이린은 진운이 왜 이렇게 고민하는 건지 이해를 못하겠다는 듯한 표정으로 말했지만 진운은 그저 쓴 웃음을 지으면서,

"그녀는 엘프 마을로 돌아가야 할 의무가 있어. 지금까지는 내 욕심으로 붙잡았지만 이번에 돌아가면 아마 한동안… 어쩌면, 내 개인적이 싸움이 끝날 때까지 돌아오지 않을지도 몰라. 그리고 그 싸움은 목숨도 보장하지 못하는 싸

움이기도 하고 말야."

"……."

아이린은 진운의 말을 듣고는 가만히 생각하더니,

"저도 이해는 해요. 하지만 그것 말고 정말 왜 레이나 언니가 지금까지 진운의 곁에 있었는지 모르는군요."

"…뭘?"

뜬금없이 레이나가 자신의 곁에 지금까지 있었던 이유를 모른다는 아이린의 말에 진운은 고개를 갸우뚱하는 표정을 지었다.

아이린은 그런 진운을 보며 한숨을 내쉬더니,

"정말… 진운은 여자 문제는 둔한 건지……. 아니지, 엘프의 특성을 몰라서 그럴 수도 있겠네요……."

"무슨 말이야? 엘프의 특성? 둔해?"

아이린이 무슨 말을 하는지 모르겠다는 진운의 말에 아이린은 진운의 앞에 똑바로 시선을 마주했다.

"엘프인 레이나 언니가 지금까지 왜 진운의 곁에 있었다고 생각해요? 원한다면 얼마든지 엘프 마을로 돌아갈 수 있는 기회가 많았는데 말이에요."

"…그야 동료니까, 내가 부탁해서… 아니야?"

"…으이구……."

"……???"

　뭔가 답답하다는 듯 진운을 무섭게 노려보던 아이린은 곧 한숨을 쉬더니,

　"엘프의 특성 때문에 진운이 모르는 것도 뭐, 나름 이해가 가지만, 옆에서 보는 내가 답답해서 결국 나서야겠네요."

　"나서다니?"

　이 순간까지도 아이린이 뭘 말하려는지 모르겠다는 진운에게 아이린은,

　"엘프들의 구애방식은 진운이나 저와 같은 사람들과 달라요."

　"구애?"

　뜬금없이 구애라는 말이 나오자 진운이 살짝 당황한 표정을 지었다.

　구애란 상대방에게 자신의 사랑을 표현한다는 뜻이었으니 말이다.

　"잘 들어요, 이건 엘프들에게 중요해요, 엘프는 특히! 여성 엘프의 경우 자신의 짝으로 생각하는 사람이나 남성 엘프가 있다면 그의 곁에 머물러요. 그가 원하는 한 시간이 얼마가 걸리더라도 말이죠. 일반적으로 인간에 비해 수명이 몇십 배나 긴 엘프이기에 가능한 구애 방법이긴 하지만요."

“…….”

진운은 그제야 아이린이 하는 말이 무엇을 뜻하는지 알았다는 듯 표정이 살짝 굳었다.

사실 진운도 레이나가 좋았다.

하지만 그 좋다는 감정이 사랑이라고 말하기에는 뭔가 스스로 생각해도 고개가 조금은 갸웃거리는 그런 애매한 감정인 것이다.

처음엔 서로의 목숨을 맡기는 동료라는 끈끈한 관계로 시작한 두 사람이었다.

그렇다 보니 딱히 사랑이라는 감정이 생겨나기에는 뭔가 좀 애매한 것도 한몫했다.

그런데 아이린의 말을 들어보니 레이나가 굳이 자신의 곁에 머물러 있을 이유는 딱히 없기도 했다.

그녀와 자신의 동료 관계는 처음 대륙으로 넘어와 진운이 손을 내밀었을 때 거절하고 그녀가 떠나 버려도 상관없었으니 말이다.

하지만 레이나는 진운의 손을 잡아주었고 그리고 묵묵히 자신의 곁에서 조용히 머물러 있었던 것이다.

“그러니까 지금 네 말은… 레이나가 나를 남자로서 좋아해서 엘프만의 방식으로 내 곁에 머물러 있다는 말이지?”

“이제야 알았어요? …뭐, 엘프들의 구애방법이 사실 상

대가 눈치챌 때까지 곁에 머물러서 그 상대가 싫어한다거
나 다른 사람이 생기는 경우라면 조용히 사라지는 편이라
좀 그렇긴 하지만 제가 볼 때 지금 레이나 언니의 반응은
100% 진운을 좋아해서 곁에 머물러 있는 거예요.”

　“…….”

　사실 제3자의 입에서 누가 자신을 좋아한다는 말을 들으
면 기분이 좋으면서도 한편으로는 좀 부끄러운 법이다.

　이는 달리 말해 누군가에게 마음을 들키는 것이나 마찬
가지였으니 말이다.

　하지만 진운과 레이나의 경우는 엘프와 인간이라는 특이
한 상황이기에 보다 못한 아이린이 나설 수밖에 없었다.

　레이나는 상대가 알아차려서 대답할 때까지 말없이 옆에
서 머물러 있을 뿐이었다.

　게다가 진운은 레이나를 동료라는 개념으로 생각하고 있
었으니 결과적으로 아이린이 봤을 때 두 사람의 관계는 어
쩌면 영원한 평행선을 달릴지도 모른다는 판단이 설 수밖
에 없었다.

　물론 진운과 레이나의 사이를 이어준다는 것도 있다.

　하지만 무엇보다 아이린에게는 가장 강한 무력을 가진
진운과 마법에서는 지금까지 들어본 적이 없는 경지에 올
라 있는 레이나가 힘을 합쳐야만 나중에 자신에게 커다란

도움이 된다는 조금은 이기적인 생각도 있긴 했다.

"결정해야 해요. 진운도 알잖아요, 어정쩡한 마음과 관계로 이대로 돌아간다고 해도 사실 아무런 도움이 되지 않을 거라는 것을요. 그리고 언제까지 레이나 언니에게 무조건적인 헌신을 바라는 것은 오히려 너무나 이기적인 것밖에 되지 않아요."

아이린은 조금은 냉정하지만 논리적으로 진운이 레이나에게 알았으면 대답을 해주라는 식으로 말했다.

사실 진운도 아이린의 말을 듣고 마음 한구석이 묘하게 흔들리긴 했다.

사실상 레이나가 어디가서 빠지는 얼굴이나 몸매는 아니었으니 말이다.

특히나 수년간 진운과 호흡을 맞춰서 그 누구보다 호흡이 잘 맞는 것도 있었다.

하지만 막상 동료로 인식하고 있던 상대가 사실은 나에게 호감을 가지고 곁에 머물러 있다는 것을 알아챈 지금 이 순간부터는 레이나를 향해 쉽게 손을 내밀수가 없었다.

상대의 호감을 이용해서 자신에게 도움을 달라는 것만큼 이기적이고 더러운 마음이 없으니 말이다.

"알았어."

진운이 대답하자 아이린은 슬쩍 고개를 돌려 김미영을

보면서 윙크를 했다.

아이린의 윙크를 받은 김미영은 흐뭇하게 입가에 미소를 지으면서 손가락으로 OK 사인을 보내왔고, 아이린은 모른 척 슬쩍 자리를 옮겨 김미영의 곁으로 왔다.

"어때, 진이 반응은?"

김미영이 서둘러 아이린에게 물어보자,

"음… 싫어하진 않던데요? 하지만 뭐랄까, 좀 당황한 표정이긴 했어요."

아이린의 대답을 들은 김미영은 씨익~ 웃었다.

"걱정 마. 둘 다 서로 좋아하고 있는 것은 확실하니까 말야."

"…저도 그런 눈치를 받았던 것은 사실이지만 남의 연애에 끼어드는 것은 좀……."

"괜찮아 누나인 내가 시켰다고 하면 되니까."

사실 아이린이 지금까지 진운에게 했던 말은 모두 김미영의 부탁 때문이었다.

아줌마의 감이라고 해야 할까?

김미영이 보기에 진운과 레이나 사이에 서로 좋아하는 감정이 뻔히 눈에 들어왔다.

그렇지만 뭐랄까, 무언가 투명한 막 같은 것이 둘 사이를 가로막고 있는 듯이 느껴졌던 것이다.

　그동안 친해진 아이린으로부터 엘프의 특성을 듣고 나름대로 분석하고 생각해 본 결과, 지금 레이나가 진운에게 구애를 보내고 있었고, 멍청한 진운은 그걸 전혀 모른다고 김미영은 판단했다.

　그러나 김미영 자신이 말해봐야 잔소리로 들을지 모른다는 판단에 아이린을 시켜서 논리적으로 설득시킨 것이다.

　물론 진운의 귀에 지금 아이린과 김미영이 나누는 대화가 모두 들렸지만 딱히 기분이 상하거나 그런 것은 아니었다.

　자신도 조금 전 레이나를 어떻게 대해야 하는지 고민했으니 말이다.

　같이 가자고 손을 내밀 것인지, 아니면 따라온다고 해도 본래 돌아갈 곳이 있는 레이나를 언제까지 진운 자신이 계속 붙잡고 있을 수도 없는 노릇이었다.

　특히나 이번에 지구로 돌아가면 그동안 기분 전환, 아니면 여행하는 기분으로 넘어왔던 과거와 달리 일루미나티를 집중적으로 상대해야 하는 상황이기에 모든 일이 끝나기 전까지는 대륙으로 넘어오지 못할 수도 있었다.

　더군다나 대륙과 달리 지구는 게티아에 마력을 보충하는 방법은 마신을 봉인하거나 마신의 마기를 흡수하는 방법뿐이었다.

하니, 마음대로 전처럼 대륙과 지구를 오가는 것은 힘들 수밖에 없었다.

이기적인 생각이긴 하지만 진운에게 레이나의 마법적 능력과 판단능력은 절대적으로 필요했다.

홀로 지구로 넘어갔을 때 정말 뼈저리게 레이나가 곁에 없다는 것을 느꼈으니 말이다.

하지만 아이린의 말대로 자신의 이익 때문에 상대가 자신에게 가진 호감을 이용한다면 그것만큼 나쁜 짓도 없었다.

스스로도 그걸 느꼈으니 레이나에게 또 손을 내밀지 말지 고민하지 않았던가.

더군다나 아이린의 말을 들어보면 레이나가 자신에게 호감을 가지고 곁에 머물러 있다는 말이 너무나 설득력이 있었기에 고민하는 것이다.

김미영과 아이린 덕분에 오히려 자신이 레이나에 대해서 깊이 생각하는 계기가 되긴 했다.

하지만 언젠가는 거쳐야 하는 것이기도 했기에 한참동안 생각하던 진운은 일어서서 레이나에게 다가갔다.

"레이나."

―응?

"아마 너도 알겠지만 이번에 지구로 가면 아마 대륙으로 다시 돌아오려면 많은 시간이 걸릴 거야. 너도 알다시피 대륙에서는 자연적으로 레오날드가 느리긴 하지만 마기를 회복할 수 있지만 지구는 그조차도 불가능하니 말야.”

　—…….

　진운의 말을 가만히 듣던 레이나는 잠시 진운의 눈동자를 바라보더니,

　—방금 아이린과 했던 대화 나도 들었어.

　진운만큼이나 그녀의 경지도 높았으니 거리가 제법 떨어져 있었지만 충분히 듣고도 남을 정도이긴 했다.

　그렇기에 진운은 고개를 끄덕였다.

　“응.”

　진운도 딱히 부정하진 않았다.

　하지만 그런 진운의 복잡한 마음과 달리 레이나는 입가에 미소를 지으면서,

　—부담 가질 필요 없어.

　“……”

　사실 누가 자신에게 호감을 가지고 있다는 것을 듣고 당사자에게 확답까지 들은 마당에 당연히 부담이 될 수밖에 없었다.

　특히나 진운에게 레이나는 결코 가볍지 않은 상대이기도 했고 말이다.

─엘프는 자신의 감정에 거짓말을 하지 않아. 그건 사랑
에 대해서도 마찬가지고 말야. 그리고 우린 강요도 하지 않
아. 그저 곁에 머물 뿐이니까.

"……."

차라리 사랑한다고 대놓고 말하는 게 어쩌면 지금 진운
에게 더 편할지도 몰랐다.

그럼 지금처럼 한참 지난 뒤에 알지는 않았을 테니 말이
다.

이런 점에서 보자면 종족이 확실히 다르다는 것을 피부
로 느끼긴 했다.

"…에휴, 솔직히 말해서 난 모르겠어……. 나도 레이나를
좋아해. 하지만 그게 참……."

한순간 인생이 뒤집어지는 경험을 하고 복수만이 머릿속
에 가득했던 진운에겐 사실 누군가를 가슴으로 사랑한다는
것은 조금 무리가 있는 현실이기도 했다.

특히나 자신의 곁에 가까운 사람이 많으면 많을 수록 자
신에게는 약점이 될 수밖에 없다는 것을 무의식적으로 느
끼고 있기에 어쩌면 더더욱 자신의 감정에 무감각해졌을지
도 모른다.

그렇지만 다른 사람도 아니고 레이나라면 상황이 완전히
달라지는 것이다.

자신의 모든 것을 알고 있는 사람이고 현재 게티아를 얻은 과정과 비밀까지 알고 있는 사람은 진운 외에 레이나가 유일했으니 말이다.

한마디로 쉽게 사랑한다, 사랑하지 않는다라는 말로 결정 지을 수 없는 관계가 진운과 레이나였다.

덥썩.

"……!"

말없이 생각하던 진운의 손을 레이나가 먼저 잡더니,

―내가 원해서 따라가는 거야. 지금 진운은 나를 필요로 하니까 말야. 그리고 떠날 때도 내가 판단해서 떠날 거야. 그러니 부담가질 필요 없어.

어떻게 들으면 딱딱하면서도 마치 감정이 없는 사람과 대화하는 것 같은 말이긴 했지만 그동안 레이나를 옆에서 봐온 진운은 오히려 방금 그 말이 순수하게 진심이라는 것을 알기에 말 그대로 받아 들였다.

"미안해……."

다만 여자가 먼저 사랑한다는 표현을 하고 있지만 대답해 줄 수 없는 상황에서 진운이 할 수 있는 것이라곤 미안하다는 말, 그것이 전부였다.

하지만 반대로 생각해 보면 현재 진운이 이만큼 상대를 생각하고 고민하게 만드는 여자도 레이나가 유일했다.

“가자.”

당장 레이나의 마음에 확실한 대답을 해줄 수는 없지만 그녀가 먼저 잡은 손을 진운은 뿌리치기 싫었고, 그럴 생각도 없었다.

그리고 지금까지 동료라는 틀에 단단하게 묶여 있던 진운과 레이나의 관계가 조금은 변하기 시작한 때이기도 했다.

Chapter 03
확실하게 기대자

"서울 공기 참… 오랜만이구나."

소지훈은 차원의 틈을 빠져나와 눈앞에 익숙한 광경이
보이자 자연스럽게 내뱉은 말이었다.

"그러게……. 며칠 밖에 되지 않았는데… 몇 년은 거기서
보낸 것 같은 기분이야."

김미영도 소지훈과 다를 것이 없었다.

사실 진운이 갑자기 사라진 뒤로 가장 당황한 것이 바로
소지훈과 김미영이었으니 말이다.

오로지 진운 하나만 믿고 모든 것을 정리한 뒤 차원을 넘

어 왔는데, 그런 진운이 갑자기 사라져 버렸다는 레이나의 말에 처음에는 농담인 줄 알았다.

하지만 레이나의 진지한 표정과 한참이 지나도 나타나지 않는 진운의 모습에 결국 사실을 받아 들였고, 그때부터 고생이라는 고생은 다 하게 될 줄은 일행 모두가 전혀 모르고 있기도 했다.

잠은커녕 산길을 시작으로 사람의 눈을 피해서 다니는 것은 기본이고 잠을 잘 때도 불을 피우지 못한 채 잠을 자는 경우도 허다했으니 말이다.

레이나의 마법이 없었다면 아마 하루도 못 버티고 산속에 시체로 발견되었을지도 모를 정도로 정말 고생이 심했던 그들이었다.

그렇다 보니 지구로 돌아온 것만으로도 마치 집에 돌아온 것 마냥 마음이 푸근해지는 소지훈과 김미영이었다.

"이곳이… 진운님의 고향입니까?"

지구가 처음인 본은 아이린을 지키듯 뒤에 서 있으면서도 연신 주변을 둘러보기에 정신없는 모습이었다.

대륙과 완전히 다른 모습부터 시작해 저 멀리 보이는 수만은 빌딩 숲은 처음 아이린도 한참동안 넋을 놓고 쳐다볼 정도였는데 본은 오죽하겠는가?

그리고 진운과 함께 나온 리엘은 쭈뼛쭈뼛~ 거리면서

진운의 곁에서 주변을 살피다가 진운을 쳐다보다가 하는 행동을 반복했다.

아무래도 노예생활을 오래해서 그런지 진운의 눈치를 살피는 것이 거의 습관이 되어버린 듯했다.

―그보다 이제 어떻게 할 거야?

레이나는 지구로 돌아온 것까지는 좋지만 막상 지구로 와도 골치 아프기는 마찬가지라는 것을 잘 알고 있었다.

해서, 진운에게 물어보자 진운은 미리 생각해 둔 것이 있다는 듯,

"아저씨와 누나, 그리고 다슬이를 부탁할 사람이 있어."

―부탁할 사람?

레이나는 진운이 자신의 가족을 부탁할 사람이라는 말에 고개를 갸웃거렸다.

사실 그런 사람이 애초에 있었다면 대륙으로 넘어가서 그 고생하지 않았을 것이니 말이다.

그런데 이제 와서 누군가에게 소지훈의 가족을 부탁한다면 그만큼 진운이 믿고 있다는 의미이기도 했다.

특히나 진운이 상대해야 할 적을 생각하면 웬만한 그냥 친한 사람의 관계가 아닌 것이다.

"우선 아이린과 본, 그리고 리엘은 여기서 잠시 기다려 줘."

“어디가세요?”

아이린이 진운의 말에 질문하자,

“잠시 아저씨 가족을 안전한 곳에 부탁하려고.”

“아…….”

아이린은 진운의 말에 고개를 끄덕이면서 조용히 물러났
지만, 리엘인 글썽거리는 눈동자로 진운을 쳐다보고 있는
데,

“리엘…….”

“돌아오시는 거죠? 꼭 돌아오시는 거죠?”

마치 확답을 받는 듯한 리엘의 물음에 진운은 피식 웃으
면서 손을 들어 리엘의 머리를 쓰다듬었다.

“이제 나와 함께 움직여야 해. 아이린에게서 어느 정도
이곳에서 살아가기 위해 필요한 것을 배워두고 있어. 그리
오래 걸리진 않을 테니까 말야.”

“…네.”

힘겹게 진운의 말에 대답한 리엘은 그제야 슬그머니 뒤
로 물러나 아이린의 옆으로 갔다.

그렇게 대충 일단락되자 진운이 주머니에서 무언가 꺼내
레이나에게 보여주더니,

“이곳 좌표 좀……. 아, 공간이동 안되지…….”

습관적으로 순간이동을 하려고 했다가, 지금 게티아가

봉인중이라는 것을 생각해 내고는 다시 주머니에 넣었다.

"어떻게 가지……?"

공간이동이 현재 불가능하기에 다른 이동수단을 생각하려고 했을 때, 가장 먼저 떠오른 것은 시리에게 선물 받은 멕라렌 P1이었다.

하지만 이것이 참 결정적인 단점이 있었는데 바로 2인승 전용이라는 사실이 가장 큰 걸림돌인 것이다.

슈퍼카답게 뒷좌석이 없었다.

그렇기 때문에 최소 이를 활용해 간다고 해도 자신을 포함한 네 명이 움직이는 상황과는 맞지 않는 것이다.

"…뭔가 괜찮은 게 필요한데……."

그냥 가기에는 진운 본인이나 레이나에게는 별거 아닌 거리였지만, 소지훈과 김미영의 경우 제법 지치기 쉬운 거리라 할 수 있었다.

무엇보다 걸어서 가면 그만큼 적의 눈에 뜨일 가능성은 높아질 수밖에 없다.

이는 대중교통 등을 활용하는 것 또한 마찬가지의 상황이었다.

공간이동도 안 되고 걸어가기에는 제법 먼 거리라는 사실에 진운은 고민했다.

그리고 결국 멕라렌 P1으로 이동하기로 생각했는지 주머

니에서 시리에게 받은 자동차 키의 버튼을 누르자,

스르르륵.

마치 허공의 투명한 장막이 걷히듯 아무것도 없던 곳에 검은빛의 유려한 곡선이 아름다운 차체를 뽐내며 멕라렌 P1이 모습을 드러냈다.

"…이거 뭐니?"

소지훈은 허공에 갑자기 마술처럼 차가 나타나자 놀라서 진운을 쳐다본 반면 김미영은,

"와……! 이거 죽인다!!"

역시나 성격대로 곧장 멕라렌 P1의 곁으로 다가가더니 손으로 만져보기 시작했다.

"어쩌다 선물 받았어요."

진운은 사실대로 말했다.

하지만 딱 봐도 비싸 보이는 슈퍼카를 선물로 받았다니?

그걸 곧이곧대로 믿을 소지훈이 아닌 것이다.

특히나 변호사로 살아오면서 나름 여러 사람을 상대해 봤던 그였다.

정확하게는 모르지만 지금 진운이 꺼낸 멕라렌 P1의 가격이 최소 10억은 넘어 보인다는 것을 어렴풋이 알아차리고 있었다.

다시 진운을 쳐다보는데, 그런 눈빛에 진운은 정말이라

는 듯,

"진짜예요, 제가 저런 차를 탐내는 성격도 아닌 거 아시잖아요. 그리고 저렇게 눈에 띄는 차를 슬쩍하지도 않아요. 그러니 걱정 마세요."

"그렇긴 하지만……."

소지훈도 진운이 딱히 차를 탐내거나 그리 좋아하는 편이 아닌 것을 알고 있기에 고개를 끄덕이긴 했다.

하지만 뭔가 갸웃거리는 게 되는 것은 어쩔 수 없는 듯했다.

진운도 어차피 나중에 알게 될 테니 이곳에서 길게 설명하지 않았다.

그보다 지금 급한 것은 2인승 차에 어떻게 네 명, 아니 레이나까지 다섯 명이 타느냐 하는 점이 가장 큰 문제라 할 수 있었다.

―이거 2인승이야?

레이나도 진운이 꺼낸 멕라렌 P1을 보고는 말하자 진운이 고개를 끄덕이면서,

"응, 뭔 방법이 없을까? 5명이 타야 되는데 말야."

―음…….

잠시 차를 살펴보던 레이나는 차 문을 열고 잠시 안을 보더니,

―우선 타고 가기만 할 수 있으면 되는 거지?

"응? 그렇지. 우선 빨리 그곳으로 가는 게 먼저니까 말
야."

뭔가 생각이 있는 듯한 레이나의 표정에 진운이 고개를
끄덕이자 차 안으로 훌쩍 들어간 레이나가 양손에 마나를
활성화시키더니 마법을 사용하기 시작했다.

그러고는 밖으로 나오더니 자신의 아공간을 열어 김미영
의 집에서 가져온 커다란 소파를 꺼낸 것이다.

"소파……?"

"우리 소파네?"

레이나의 행동을 이해할 수 없다는 듯 김미영과 한눈에
자신의 소파인 것을 알아본 소지훈이었다.

그리고 네 명이 앉아도 자리가 남을 만큼 커다란 소파를
가녀린 팔로 번쩍 들어 올리더니 그대로 진운이 꺼낸 멕라
렌 P1안에 집어넣는 게 아닌가.

"안 돼!! 그거 안 들어가!!"

소지훈은 레이나의 행동에 놀라서 황급히 말리려고 몇걸
음 떼었을까?

"…들어가네……?"

누가 봐도 커다란 소파가 들어갈 리가 없는 2인승짜리 차
속으로 5인용 소파가 들어가 버린 것이다.

"아……! 공간 확장 마법! 그게 있었지."

진운은 소파가 전부 들어가는 것을 보고서야 레이나가 차 안에서 쓴 마법이 뭔지 단번에 알아차렸다.

상황이 이렇게 되자 이곳에 리엘과 아이린 그리고 본을 남겨두고 갈 필요가 없었다.

"함께 가자."

레이나의 공간 확장 마법으로 인해 손가락 한 뼘 정도의 공간이 순식간에 열 명이 들어가도 남아돌 만큼 넓어져 버렸으니 굳이 이곳에 일행을 남겨둘 필요가 전혀 없었다.

"네!!"

같이 가자는 진운의 말에 리엘이 가장 크게 대답하면서 서둘러 멕라린 P1의 뒷자리로 들어가 버리는 것을 보면 어지간히도 진운과 떨어지기 싫긴 했던 리엘이었다.

"이게 공간 확장 마법이군요."

아이린도 귀족이었으니 마법이 낯설진 않지만 그녀가 본 불을 만들거나 땅을 뒤집는 화려한 마법과 전혀 다른 공간 확장 마법에 적잖게 놀라긴 한 모양이었다.

"…이게 마법이란거니? 놀랍구나……."

소지훈도 레이나가 마법사라는 것을 알고는 있었지만 사실 딱히 마법이라는 게 얼마나 활용도가 높은지는 잘 모르는 편이었다.

하지만 손바닥만 한 틈이 무슨 1톤 트럭의 뒷부분만큼 커진 것을 보고는 마법의 활용 용도가 이렇게나 다양하다는 사실에 매우 놀라는 중이었다.

2인승짜리 슈퍼카에 무려 여덟 명이 타는 기적을 일으켰으니 말이다.

여덟 명이 타려면 10인승 이상짜리 승합차라도 사실 약간은 비좁은 것이 현실이다.

반면, 레이나의 공간 확장 마법으로 넓어진 멕라렌 P1의 뒷좌석은 소파를 세 개나 꺼내 놓고도 편하게 발 뻗고 있을 만큼 넓었으니 말이다.

끼릭

웅!! 우우웅!!

사실 대륙에서 새벽이슬을 피하는 용도로 사용한 적이 있었지만 역시나 억대 슈퍼카답게 약간에 먼지 외에는 가슴을 흔드는 엔진음이 귀를 울렸다.

부앙!!

낮게 깔리는 중저음의 엔진음과 달리 한번 움직이자 한 마리 야생마처럼 도로 위를 달리는 멕라렌 P1은 순식간에 산을 내려와 깨끗한 아스팔트 위로 올라섰다.

그리고 모습을 드러내자마자 당연히 사람들의 시선이 모이는 것은 당연했다.

“와……. 저 차 죽인다…….”

“저거… 몰아봤으면 소원이 없겠다…….”

“어머, 안에 타고 있는 남자 진짜 잘생겼다.”

“저렇게… 예뻐도 되는 거야? 미친 존재감이다…….”

처음에는 멕라렌 P1의 매끄러운 곡선을 살린 모습이 사람들의 시선을 사로잡았다면, 두 번째는 멕라렌 P1안에서 보이는 레이나의 미친 존재감에 길 가는 남자는 물론이거니와 여자까지 발길을 멈추게 만들어 버렸다.

오죽하면 우회전해야 되는 차가 멈춰서 멍하니 레이나의 얼굴만 쳐다보다가 뒤에서 빵빵거리는 소리에 황급히 출발했을 정도였으니 말이다.

진운이나 레이나는 이미 그런 것은 안중에도 없는 성격들이기에 자신들 가던 길을 그대로 갔을 뿐이었다.

그렇게 진운이 도착한 곳은 대동그룹 본사 건물의 지하 주차장 쪽이었다.

그런데 특이한 것은 주차직원이 진운이 타고 있는 멕라렌 P1을 보더니 일반적인 입구가 아닌 다른 입구를 열어서 안내하는 것이다.

왜 그런지는 모르지만 우선 이곳은 현재 진운이 알고 있는 가장 안전한 곳이기에 망설임없이 안내한 곳으로 차를 몰았다.

부아아앙~

끼이익.

정확하게 차 한 대가 들어갈 만한 엘리베이터 속으로 들어와 딱 맞게 차를 멈추자 자동으로 문이 닫히면서 알아서 움직였다.

드르륵.

그리고 엘리베이터가 멈추자 문이 열리고, 밖으로 나온 진운이 차를 세운 곳은 처음 시리에게 멕라렌P1을 처음 본 바로 그 주차장이었다.

딸각.

차 문을 열고 내린 진운이 주변을 둘러보고는 역시나 처음 자신이 시리와 왔던 곳인 것을 확인하고 걸음을 옮기려는데,

―어쩐 일이시죠?

주차장 밖으로 나가는 입구 쪽에서 낯익은 목소리가 들려 바라보니 시리가 이미 마중 나와 있는 것이다.

"부탁이 있어서 왔습니다."

진운은 곧바로 소지훈과 김미영 그리고 다슬이를 내리게 해서 시리에게 맡겨 버렸다.

―이렇게까지 진운 씨에게 신뢰를 받을 줄은 몰랐네요.

시리도 진운인 자신의 가족을 맡기러 올 줄은 몰랐다는

듯 말했지만, 진운의 입장에선 사실 일루미나티를 상대로 대동그룹도 약간은 불안한 편이긴 했다.

하지만 그렇다고 백호연을 통해 중국에 가족을 맡길 수도 없는 노릇이었다.

만약에 진운이 백호연을 통해 가족을 중국에 맡기는 순간 진운은 중국의 꼭두각시가 될 테니 말이다.

한마디로 대동그룹만큼 자신에게 바라는 게 없고 순수하게 가족을 믿고 맡길 만한 곳이 없었다.

물론 한편으로는 김현중이라는 존재가 자신에게 부탁을 했다는 점에서 가족을 맡겨도 된다는 생각이 들기도 했다.

김현중의 부탁을 들어주는 동안에는 그의 소유인 대동그룹은 가족을 보호해 줄 이유가 충분하니 말이다.

—가족은 걱정마세요.

"그럼 부탁드립니다."

시리에게 인사한 진운은 소지훈을 보면서,

"아저씨 이 사람은 믿을 만하니 우선 몸을 숨기고 있으세요."

"진아… 아니다. 우리는 걱정하지 말아라."

소지훈은 자신의 마음으로는 이렇게까지 자신들에게 신경 쓰는 진운에게 아무런 도움이 되지 못하는 것이 안타까웠다.

위로라도 한마디 해주려고 했지만, 목구멍까지 넘어온 말을 그냥 삼켜 버리고는 진운의 어깨에 손을 한 번 얹어 쓰다듬어 주고는 말았다.

자신이 알고 있는 상식을 훨씬 벗어난 싸움을 지금까지 해왔고, 앞으로 해야 하는 진운에게 자신이 뭐라고 하겠는가.

그나마 위로라도 하는 것만이 유일한 것이다.

"진아……."

김미영도 그런 소지훈의 마음을 아는지 조용히 진운의 곁으로 다가와,

꼬옥~

살며시 한 번 안아주었다.

그러고는 진운을 향해 주먹을 들어 보이더니,

"꼭 살아서 돌아와라……. 알았지?"

김미영은 진운이 복수를 성공하는 것까지는 바라지도 않았다.

그저 살아서 자신들의 곁으로 돌아오기만을 기다릴 뿐이었다.

소지훈도, 김미영도 직감적으로 깨닫고 있는 것이다.

이번에 진운과 헤어지면 언제 또다시 만날지 사실 그 누구도 모르는 것을 말이다.

─이걸 받아요.

"……?"

─제가 주는 선물이에요.

시리가 건네주는 작은 메모지를 받긴 했지만 지금 가족과 잠시 이별해야 하는 상황이라 우선 주머니에 넣어버렸다.

그리고 시리가 소지훈의 가족을 데리고 사라지는 모습을 조용히 지켜보던 진운이 다시 차 안으로 돌아와 앉자,

─진운, 방금 그여자… 설마…….

숲의 종족인 엘프답게 시리의 정체를 멀리서도 알아챈 레이나가 걱정스러운 얼굴로 물어온 것이다.

이에 진운은 웃으면서,

"믿을 만한 사람의 부하야. 그러니 내가 아저씨 가족을 부탁했지. 안 그래?"

걱정 말라는 듯 말하자 그제야 조금은 안심하는 레이나였다.

엘프는 특히나 숲의 종족답게 감각이 예민한 편인데 그 중에서도 최고라는 하이엘프인 레이나가 시리를 보고서도 모른다는 것은 사실 말이 되지 않았다.

그저 진운의 판단을 믿었기에 차 안에서 가만히 있을 뿐이었던 것이다.

"그보다 이제 우리가 앞으로 어떻게 해야 하는지가 더 중요한 문제야."

그렇게 말하면서 시리가 넘겨준 메모지를 주머니에서 꺼내 확인했는데 짧게 두 줄로 쓰인 것은 주소였다.

그것도 수도권이 아닌 지리산 근처로 추정되는 장소의 주소였다.

"선물이라고 했지……."

사실 카드에, 자동차까지 받은 마당에 이제 와서 뭘 사양하겠는가?

진운은 주소를 레이나에게 보여주었다.

역시나 지도를 통해 공간이동 좌표를 찾아냈던 경험 때문인지, 아니면 지도를 거의 외우고 있기 때문인지 모르지만, 레이나는 인간 네비게이션이 따로 없을 만큼 정확하면서도 빠른 길안내를 해주었다.

그 덕분에 해가 질 무렵에는 주소지 앞에 도착할 수가 있었다.

그런데 막상 도착해 보니,

"별장이었군."

주소에 적힌 목적지는 산 중턱에 자리 잡고 있는 별장이었다.

지어진 지 얼마 되지 않은 듯 깔끔하면서도 주변의 산과 어울리는 약간 고풍스러운 느낌까지 물씬 풍기는 모습에 차에서 내린 아이린도 좋아할 정도였다.

무엇보다 워낙에 외진 곳이라 그런지 사람보다 주변에 산짐승을 보는 게 더 빠를 것 같은 장소라는 점도 지금은 마음에 드는 점이었다.

별장이었으니 별다른 특별한 것은 없지만 안에 들어오자 다들 그제야 긴장이 조금 풀렸는지 지친 표정들이 역력했다.

우선 쉬도록 각자 방을 하나씩 나눠주고는 진운은 거실에 조용히 앉았다.

―이제 어떻게 할 생각이야?

레이나가 진운의 곁으로 다가와 맞은편에 앉으면서 물어보는데, 진운은 조용히 창밖만 쳐다볼 뿐이었다.

사실 자신도 뭘 어떻게 해야 할지 구체적인 계획은 없는 것이다.

하지만 지금 당장 해야 할 일이 무엇인지는 알고 있었다.

"우선 필리핀으로 가야 해."

―필리핀?

레이나는 진운의 말에 잠시 생각하다가,

―그 지도상에 동남아로 분류된 거기?

"응, 나 혼자 지구로 와 있는 동안 아버지가 필리핀에서 살해당했다는 것을 알아냈어."

그리고 천천히 야마시타 골드를 시작으로 백호연의 존재와 자신이 혼자 지구와 와 있는 동안 겪은 일을 모두 말해주는 진운이었다.

그 말을 모두 들은 레이나는 가만히 생각하더니,

—그럼 목적지는 필리핀이네. 하지만 당장은 힘들겠지?

레이나가 진운을 쳐다보면 말하자 진운도 천천히 고개를 끄덕였다.

지금 당장은 힘든 것이 맞으니 말이다.

공간 이동도 안 되고, 백호연이 막아주고 있긴 하지만 언제 일루미나티의 위성감시에 걸려서 위치가 드러날지도 모르는 상황이다.

그런 점에서 무턱대고 필리핀으로 가는 것은 한마디로 자살행위나 마찬가지였다.

그나마 다행이라면 필리핀까지 들어가는 것은 백호연의 도움을 받으면 충분히 가능했다.

이미 백호연이 도와주기로 한 상태였으니 말이다.

—그런데 야마시타 골드라는 게… 그렇게나 금이 많을 수가 있는 거야?

야마시타 골드는 실제로 아직도 필리핀 전역에서 드러난 금보다 숨겨진 금이 몇십 배나 많을 것으로 추정하고 있을 만큼 엄청난 양을 자랑하고 있는 편이었다.

오죽하면 야마시타 골드가 모두 드러나서 시장에 풀리면 현재 금값이 50% 이상 급락할 거라는 말이 돌 정도였으니 말이다.

거기다 그 당시 야마시타 골드를 숨길 때 자신들이 그동안 착취한 금을 숨긴 장소가 최소 100여 곳에 달할 만큼 엄청난 양이라고 말하는 사람들이 대부분일 정도였다.

하지만 인간들에게나 금이 대단한 가치를 가지고 있을 뿐, 엘프인 레이나가 듣기론 겨우 노란빛의 금속 덩어리 때문에 그런 난리를 친다는 게 한편으로는 가슴에 와 닿지는 않지만 머리로는 대충 이해할 수 있긴 했다.

다만, 그 정도로 많은 양의 금을 끌어모을 수 있다는 것이 믿어지지 않을 뿐이었다.

"그만큼 그 당시 청일전쟁에서 승리한 일본은 자신들 군수물자를 충당하려고 미친 듯이 긁어모았었으니까 말야, 오죽하면 한국에는 집집마다 기르고 있던 개까지 징집해서 모조리 끌고 가버렸을 정도였어."

─개……??? 개를 왜?

뜬금없이 개를 징집했다는 말에 고개를 갸웃거리는 레이나에게 진운은 피식 웃으면서,

"개털로 겨울용 군복을 만들어 입혔거든."

　―…그럼 일본은 자신들이 키우던 개를 모두다 죽여서
다 가죽을 벗긴 거야? 그러니 다른 나라 개까지 죽였을 거
아냐.

　레이나는 당연히 모자라니까 착취를 했을 것이라는 단순
한 생각으로 말했지만 진운은 고개를 저었다.

　"아니, 자기들 것은 철저하게 아끼고, 빼앗은 것은 철저
하게 쓰다 버린다. 이게 그 당시 일본의 사고방식이었어.
뭐랄까, 정복자의 특권에 눈이 멀었다고 생각하면 이해하
기 편할 거야."

　―역사란 참… 이해가 안 가네……. 인간들은…….

　애시당초 엘프인 레이나가 인간들의 전쟁의 역사를 이해
한다는 것 자체가 불가능할지도 몰랐다.

　엘프에게 전쟁은 방어를 위한 것일 뿐, 공격을 위해 전쟁
을 한다는 것은 생각조차 하지 않고 있었으니 말이다.

　"그만 쉬어, 그동안 쫓겨 다니느라 힘들었잖아."

　진운이 잠시 쉬라는 말에 그제야 레이나도 일어서더니
진운에게 싱긋~ 웃음을 보여주고는,

　―진운부터 쉬어야 해, 우리 찾아다니고, 카르돈 제국 황
실을 쳐들어가서 대륙 전체를 뒤집어 놓고, 거기다 마정석
을 찾기 위해 거의 쉬지 못하고 움직인 건 진운이잖아.

　"…쉴 거야."

―알았어, 그럼 먼저 들어간다.

레이나는 굳이 강요하지 않고 작게 잔소리 한마디를 하고서 자신의 방으로 들어가 버렸다.

"…하아……. 사랑이라……. 나한테는 왜 이리 어렵지……."

누군가 자신을 좋아하는 사실을 알고 나서도 평소와 다름없이 마주하고 말을 한다는 것이 이렇게까지 부담일 줄은 몰랐던 진운은 처음 느껴보는 감정에 약간 힘든 편이었다.

하지만 레이나의 전혀 변화없는 모습을 보면 괜히 반응을 하기도 그래서 최대한 평소처럼 행동하고 말하고 있을 뿐이었다.

"…잠이 나 자자."

진운도 잠시 몇 가지 더 생각하는 듯하다가 결국 복잡한 머리도 식힐 겸해서 잠자리에 들어 버렸다.

그리고 다음 날 익숙한 기척에 일어나 보니,

"어이~ 오랜만이야."

백호연이 어울리지 않는 미소를 지으면서 진운을 향해 인사하는 게 아닌가.

"여긴 어떻게 알았습니까?"

"어떻게긴? 물어보고 찾아온 건데, 그보다 그 먼 거리를 왔는데 첫인사가 어째 싫다는 표정이구만?"

사실 시리를 믿는 생각이 강했기에 아무리 백호연이 아군이라고 하지만 이렇게 빨리 찾아올 줄은 몰랐던 진운은 순간 시리를 얼마나 믿어야 할지 갈등이 되긴 했다.

"그렇게 심각한 표정 짓지 않아도 되네. 자네가 생각하는 것 이상으로 깊은 관계니까 말야. 국가를 초월했다고나 할까? 뭐, 그런 거야. 그보다 일행이 제법 늘은 것 같은데?"

백호연은 주변을 둘러보면서 처음에 혼자였던 진운이 단 며칠 사이에 많은 사람을 데리고 있다는 것에 호기심을 느꼈는지 한번 살펴보고는 제법 놀란 표정이었다.

우선 레이나의 미모가 가장 먼저 백호연의 시선을 사로잡았다.

아이린도 나이가 좀 어릴 뿐이지, 조금 더 크면 남자 여럿 울릴 만큼 미녀였으니 말이다.

리엘도 지구로 넘어오기 전 1년 동안 숨어 지내면서 잘 먹고 잘 컸기 때문인지 한참 미모가 물이 오늘 상태였기에 백호연으로선 나름 눈이 호강하는 기분이었다.

그런데 그런 일행 중에 뭔가 어울리지 않는 듯 서 있는 본을 잠시 쳐다보던 백호연은,

"검을 다루던 녀석 같은데… 쯧쯧……."

한눈에 본을 파악했고, 동시에 본이 어떤 검술을 사용하

는지까지 알아본 백호연이었다.

그리고 그렇기에 지금 왼팔을 잃어버린 것이 얼마나 치명적인지를 알기에 혀를 차고 있었다.

양손 검법을 사용하는 자가 한 팔을 잃어버린다는 것은 모든 것을 잃어버리는 것과 다를 바 없었으니 말이다.

일반적으로 사람들이 생각하기에 그래도 한 팔이 남아 있으니 다행이지 않느냐고 할 수도 있었다.

하지만 그건 검법이 얼마나 균형이 중요한지 모르기에 하는 말일 뿐이었다.

양손으로 검을 쓰는 법이 몸에 완전히 익숙해진 사람은 검법뿐만이 아니라 몸의 균형까지 양손검법에 맞추어 진화하는 것이 당연했다.

그리고 본의 나이로 볼 때 이미 몸의 균형이나 움직임이 완전히 양손검법에 적응이 끝난 상태인 것이다.

그런데 그런 사람이 갑자기 팔 한쪽을 잃어버리게 되면 균형이 완전히 무너지는 것은 불 보듯 뻔했다.

특히나 검이란 무게 중심을 어떻게 잡느냐에 따라서 가벼울 수도, 반대로 한없이 무거울 수도 있는 법이다.

물론 다시 한 손으로 검을 사용하는 방법을 배우면 되긴 하지만 몇 년이 걸릴지, 아니면 몇십 년이 걸릴지 아무도 모를 만큼 엄청나게 힘든 과정이 될 것은 자명한 사실이었다.

"……."

백호연의 중국어를 알아듣지는 못했지만 본도 느낌만으로 지금 자신을 보며 혀를 차는 백호연이 강자라는 것을 느끼고 있었다.

팔이 잘리긴 했지만 그래도 마스터를 상대해 본 경험과 진운 가까이에서 지냈던 것이 도움이 되었으니 말이다.

그리고 자신의 잘린 왼팔을 한 번 보고 안타까워하는 모습에 뭔가 울컥한 기분이 들긴 했다.

그런데 혀를 차던 백호연이 천천히 본의 곁으로 다가오는 것이 아닌가.

"어라? 이 녀석, 문턱까지 와 있네?"

뜬금없이 영문 모를 말을 하는 백호연의 말에 본은 고개를 갸웃거렸다.

"네놈 이름이 뭐냐?"

보기에는 백호연과 본의 나이 차이가 그리 많아 보이지 않을지 모르지만 마스터의 경지에 오르면서 젊어졌을 뿐, 실제 백호연의 나이는 이미 환갑이 넘은 상태였다.

그렇다 보니니 대놓고 반말로 툭 던졌는데,

"그는 중국말을 모릅니다."

진운이 다가와 한마디 하자,

"쩝, 그래? 아무튼 저놈 진짜 아깝네, 아까워……."

계속 본을 보고 아깝다는 말을 하는 백호연의 모습에 궁금증이 생긴 진운이 물어왔다.

"뭐가 그렇게 아깝다는 겁니까? 팔을 잃은 게 좀 안타깝긴 하지만, 그거 말고 다른 이유 같은데요."

진운이 자신이 하는 말의 뜻을 모르는 듯하자 백호연은 오히려 그런 진운이 더 이상하다는 듯,

"몰라? …직접 보고도 모르겠어?"

"뭐가 말이죠?"

"아……. 도대체 둔감한 건지, 아니면 모르는 건지……. 그보다 어떻게 이런 둔감한 감각으로 그런 무력을 가질 수 있는 건지 궁금하구만……. 궁금해."

본을 보고서도 전혀 아무런 느낌이 없는 진운의 모습에 백호연이 먼저 답답한지 한숨과 함께 본을 손가락으로 가리키더니,

"저 녀석 지금 문턱까지 발을 디딘 상태란 말야. 문만 넘으면 마스터가 될 수 있는 녀석인데……. 아깝네, 정말……."

"……!!"

진운은 백호연의 말에 놀란 눈으로 본을 바라보았는데 정작 당사자인 본은 백호연의 말을 못 알아들으니 둘이 무

슨 말을 하는지 전혀 모르는 눈치였다.

그러는 와중에 갑자기 놀란 눈으로 자신을 바라보는 진운과 눈이 마주치자,

"진운님, 왜 그러십니까?"

"지금 이분 말로는 본 경이 마스터가 되기 직전의 경지에 올라 있다고 하는군요."

"네에?!!"

진운의 말을 듣고서야 상화을 알아챈 본이 화들짝 놀라더니,

"제가 어떻게… 마스터에……? 그보다 그걸 보고서 어떻게 알 수 있는 겁니까?"

"……."

본의 말에 진운이 생각해도 좀 이상했다.

자신은 본과 같이 지내고 있었는데 전혀 몰랐었는데 백호연은 오늘 처음 만난 사이인 것이다.

그리고 백호연이 본을 쳐다본 건 불과 1분도 되지 않는 시간일 뿐이었는데 본이 마스터가 되는 문턱까지 경지가 올라 있다는 것을 알아본다는 것은 진운도 들어본 적이 없었다.

물론 본도 마찬가지였다.

사실 마스터의 경지를 알아보는 것도 오러 블레이드를

만들어 내느냐, 아니면 만들지 못하느냐로 나눌 뿐, 그냥 보기만 해서 상대의 경지를 알아본다는 것은 생각해 본 적도 없으니 말이다.

대륙의 검술을 기초로 배운 진운이나 대륙에서 살아오면서 기사가 된 본은 백호연의 말을 쉽게 믿을 수 없었다.

백호연도 본과 진운이 나누는 대화를 알아듣진 못하지만 눈치껏 지금 자기 말을 못 믿는다는 것을 알아채고는,

"상대의 경지를 감각으로 알아차리는 그런 감각 수련을 하지 않았나?"

중국 무술에서는 가장 기초 중 기초로 서로 손을 맞댄 채 눈이 아닌 몸으로 상대를 느끼는 수련을 시작한다.

그것을 시작으로 수련이 이루어지기 때문에 당연히 진운도 그런 수련을 했을 것으로 생각해 물어본 것이다.

하나,

"그게 뭡니까?"

"……."

정말 전혀 모르는 진운이었다.

그리고 본도 같이 그게 뭐냐는 듯 쳐다보고 있지 않는가.

"허참. 도대체 어떻게 수련해야… 그렇게 괴물같이 강해졌는데, 가장 기초적인 감각 수련도 모르고……. 말이 안 되는데……."

감각 수련이라는 것이 말로는 설명하기 정말 애매하고 힘든 부분이 많다 보니 백호연은 진운에게 자신의 손을 맞대게 하고는 눈을 감았다.

"자네도 눈을 감고서 느낌만으로 내 공격을 피하고 막아 보게나."

백호연의 말에 진운은 우선 따라서 손을 맞대었다.

하지만 눈을 감고 상대의 공격을 피하거나 막아보라는 말에 그게 가능한지 의문을 가지는 중이었다.

사실 그럴 필요성이 전혀 없었으니 말이다.

레이나에게 배울 때도 오로지 강함, 일격필살의 수련만 했기에 강함만이 최고였던 진운에게 지금 백호연이 말한 대련은 뭔가 생소한 종류의 것이었다.

그런데 백호연의 손을 맞댄 순간 진운의 뇌리에 뭔가 자신이 이것을 알고 있다는 생각이 들면서,

"이거… 영춘권에 있는 치사오 수련 같은데요?"

치사오는 영춘권 외에도 많은 중국 무술에 있는 수련법이다.

대표적으로 태극권에도 같은 수련법이 있을 만큼 기초 중의 기초였다.

본래 치사오는 자동적인 반응 능력을 개발하기 위한 대련방법으로 그 원리를 나타내는 용어였다.

상대와 '점착' 한다는 개념인 것이다.

수련자는 상대방을 향해 하나의 원 모양으로 자신의 팔뚝을 밀면서 회전시키는데 이때 팔의 근육이 이완된 상태를 유지하는 게 핵심이었다.

특히 치사오는 그 과정을 통해 상대의 힘을 느끼고, 저항을 감지하면서 수비의 결함을 찾아내 공격하는 것이 목적이었다.

그렇기에 필연적으로 서로의 팔뚝을 접촉시킨 상태에서 여러 가지 기술을 활용하여 하는 훈련인 것이다.

보기에는 별거 아닌 것처럼 보일지 몰라도 치사오의 훈련을 하다 보면 자연스럽게 신체역학, 힘, 추진력, 의도의 변화를 감각적으로 인식할 수밖에 없었다.

즉 눈이 아닌 몸의 감각, 즉 피부로 느껴지는 감각으로 상대의 공격이나 움직임 등을 파악하고 거기에 맞춰서 반응하는 훈련인 것이다.

특히나 치사오는 민감성이 크게 증진되기 때문에 민감성이 오르면 오를 수록 상대방의 움직임에 대해서 신속하고 정확한 반응을 할 수 있게 된다.

그리고 그 경지가 어떤 경지를 넘어서게 되면 눈으로 마주한 것만으로도 상대가 어느 정도 경지인지, 자신과 얼마나 힘의 차이를 가지고 있는지 피부로 느끼게 된다.

“그런데 저 사람의 경지를 못 알아보다니… 누구한테 배웠는지 참…….”

바벨의 탑에서 그저 보조적인 정도로만 동영상을 이용해서 보고 배운 진운이었으니 어쩌면 치사오의 궁극적인 이유와 활용성을 모르는 것은 당연할지도 몰랐다.

특히나 치사오의 경우 상대가 무조건 있어야만 수련이 가능하다는 단점 때문에 진운도 영상을 통해 보기만 했을 뿐이다.

딱히 손을 맞대고 대련한다는 것이 무슨 도움이 되는지 이해하지 못해 그냥 형태만 머릿속에 집어넣었던 것이고 말이다.

Chapter 04
감각에 눈뜨다

휙!

탁탁탁!! 탁탁탁탁!!

휙휙휙.

눈을 가리고 대련한다는 것이 믿어지지 않을 만큼 지금 백호연과 진운은 지금 서로 한 치의 양보도 없는 상황이었다.

탁!!

백호연의 주먹이 바람을 가르는 소리가 들릴 만큼 강하게 뻗으면 진운은 그걸 종이 한 장 차이로 고개를 돌려 피하거나 서로 맞대고 있는 손을 밀어서 주먹의 방향을 바꿔 버리는 것이다.

그뿐인가.

무릎을 건드려서 몸의 균형을 흔드는 것은 이미 기본이 되어버렸다.

사실 진운은 영춘권의 투로[움직임]를 중점적으로 수련했었기에 처음에 백호연과 치사오 대련은 힘들어 했었다.

하지만 초인적인 몸의 능력과 이미 온몸의 감각이 깨어나 있는 상태였다.

그렇기에 몇 번 백호연의 주먹을 맞았던 모습은 찾아볼 수 없을 만큼 완벽하게 적응해 버린 것이다.

거기다 현재 백호연을 밀어붙이고 있었다.

'감각영역을… 아주 작게 사용하는 것과 마찬가지구나…….'

눈을 가리고 있기에 오히려 열려 있는 귀가 소리에 더욱 민감해지고, 맞대고 있는 손등으로 느껴지는 감각이 강하게 느껴지는 것이다.

그리고 천천히 가려진 진운의 어둠 속에서 백호연의 모습이 그려지기 시작했다.

그렇게 백호연의 모습이 그려지자 움직임부터 어떻게 공격할지까지 모두 보이기 시작했고, 그때부터 백호연의 공격은 더 이상 공격이 아닌 것이 되어버렸다.

탁탁탁!!

휙휙휙휙휙!!

서로의 주먹을 쳐내는 소리와 피해 버려서 바람을 가르는 소리만 계속 들렸으니 말이다.

"후우~"

그리고 백호연이 더 이상의 대련은 무의미하다는 것을 알았는지 먼저 손을 떼고 천천히 호흡을 가다듬었다.

진운의 머릿속에 그려졌던 백호연의 모습이 약간 희미해지긴 했지만 여전히 똑똑히 눈을 뜨고 보는 것처럼 보였다.

부스럭부스럭.

눈가리개를 푸는 행동까지 모두 진운의 머릿속으로 보이기 시작한 것이다.

"자네 내 움직임이 모두 보였겠지?"

백호연의 말에 진운은 눈가리개를 스스로 풀며,

"네, 뭐랄까……. 그림자가 움직이는 느낌이라고 해야 할지, 아무튼 처음 느껴 보는 것이네요."

"후후훗, 역시 기초를 건너뛰었을 뿐이지, 금방 익히는구만. 그게 바로 감각 수련이네. 그리고 이제 그 감각으로 다시 저 사람을 보면 내 말이 뭔지 알 테지."

백호연은 현재 머릿속에 백호연을 그렸던 감각을 가지고

그대로 본을 다시 보라는 말에 고개를 돌려 바라보자,

"……."

지금까지 보았던 본의 모습이 분명한데 몸에서 느껴지는 감각은 완전 색다른 경험이었다.

뭐라 말로는 설명할 수 없지만 몸에서 상대가 자신보다는 약하다는 신호를 보내온 것이다.

그와 동시에 본의 경지가 감각으로 느껴지기 시작했다.

"…이거였군요."

진운이 백호연을 돌아보며 한마디 하자,

"느껴지지? 얼마나 안타까운지도 말야……."

"그렇네요……."

안타까운 점은 두 가지로 말할 수 있었다.

한쪽 팔을 잃어버림으로써 몸의 균형이 미묘하게 천천히 무너져 내리고 있다는 점, 그리고 또 하나는 조금만 더 하면 마스터의 경지에 오를 수 있었는데, 그러한 붕괴로 인하여 점점 그로부터 멀어지고 있다는 사실이었다.

검을 익힌 자로서 안타까울 수밖에 없는 일이었다.

"하지만 반대로 참… 괜찮은 녀석인데……."

백호연은 본의 인상이 마음에 들었는지 유독 본에게 관심을 가지고 있었다.

특히나 한쪽 팔을 잃어버리긴 했지만 기초가 튼튼하고

우직한 느낌이 좋았는지 진운에게,

"이 사람 꼭 필요한가?"

"네?"

"괜찮다면 내가 좀 가르쳐 보고 싶은데."

"네??"

백호연의 말에 크게 놀란 진운은,

"농담이시죠?"

"아니? 나 진심인데?"

다른 건 몰라도 중국 무술이 외국이나 타인에게 얼마나 배타적인지 알고 있는 진운으로선 백호연의 말이 놀라울 수밖에 없었다.

백호연은 현재 중국 모든 무술인의 정점에 올라 있는 사람이었다.

오죽하면 군을 마음대로 휘두를 수 있겠는가?

강함이 기준이 되는 군이 백호연의 말에 껌뻑 죽는 것만 봐도 다른 중국 무술은 안 봐도 뻔했다.

그런데 그런 백호연이 본을 가르쳐 보고 싶다니. 진운은 전혀 이해가 되지 않는 것이다.

본은 금발에 외국인이었다.

거기다 지구의 사람도 아니었다.

하지만 백호연의 눈빛도 결코 장난이나 농담이 아니라

진심으로 본을 탐내고 있는 것이 분명해 보였으니 말이다.

"제 일행일 뿐이지, 저에게는 결정권이 없습니다. 본인에게 직접 물어보세요."

백호연에게서 진심을 느낀 진운은 자신이 나설 이유를 찾지 못했다.

그렇기에 본에게 직접 물어보라고 하고는 슬쩍 자신은 뒤로 빠졌다.

그런 진운의 모습에 백호연은 오히려 잘됐다는 듯 웃으면서,

"통역 좀 해주게나."

그 결과, 졸지에 대륙 공용어와 중국어를 통역해 주는 신세가 되어버린 진운이었다.

당연히 본도 처음 백호연의 말을 듣고는 매우 크게 놀라워했었다.

중국 무술의 폐쇄성 못지않게 대륙에서도 검술에 관해서는 엄격했으니 말이다.

그리고 본 또한 은연중에 백호연이 마스터라는 것을 느끼고 있었는데, 그런 마스터가 자신을 가르쳐 보고 싶다고 하니 당연히 놀라울 수밖에 없었다.

혹시나 자신이 아니라 아이린을 노리고 그러는 것은 아닌지 의심까지 했을 정도니 말이다.

하지만 거의 몇 시간에 가까운 백호연의 일방적인 설득
과 마스터가 가능하다는 사탕발림에 결국 본도 넘어가 버
리고 말았다.

하지만 대신 조건을 걸었는데, 이는 아이린도 같이 가야
한다는 것이었다.

"본 경, 저는 신경 쓰지 마세요."

아이린도 옆에서 모두 이야기를 들었기에 자신 때문에
괜히 피해보는 것이 싫어서 한마디 했다.

그러나 본은 무조건 자신이 지켜야 하는 사람이기에 다
른 건 양보해도 아이린과 함께 가는 것만큼은 양보할 수 없
다고 고집을 부렸다.

결국 아이린도 승낙해 버릴 수밖에 없었다.

이래서 지구로 온 지 단 하루 만에 본과 아이린은 진운과
떨어져 버리게 되었다.

탕탕탕!!

자신의 가슴을 강하게 두드린 백호연은,

"걱정 마. 충분히 마스터가 될 자질이 있으니까 말야."

백호연은 호언장담을 하는데 사실 진운은 도대체 무슨
생각이 있길래 저렇게 자신만만하게 백호연이 말하는지 영
문을 몰랐다.

하지만 백호연이 본과 아이린을 데리고 간다고 하는 바

람에 우선적으로 진운이 어느 정도 자유롭게 된 것은 사실
이긴 했다.

사실 진운이 조금 시간을 가지고 필리핀 행을 늦춘 것도
모두 본의 경지를 어떻게든지 끌어올리고 적응 기간을 가
지기 위해서였는데, 백호연 덕분에 그럴 필요가 전혀 없어
져 버렸다.

언어 문제도 아이린이 대륙 공용어를 다 알고 있고, 중국
어도 나름 공부해서 어느 정도 지식이 있으니 당장은 조금
답답할지 몰라도 충분히 의사소통이 가능할 수준이여서 크
게 걱정할 정도는 아니었다.

게다가 아이린은 아예 안중에도 없는 듯 본에게만 계속
관심을 가지는 백호연의 모습은 어떻게 보면 남자를 사랑
하는 게이가 아닐까? 하는 생각까지 들 정도였다.

하지만 진운도 크게 걱정하지 않기로 했다.

"아참! 내 정신 좀 봐."

본을 얻은 것에 마냥 기뻐하던 백호연이 갑자기 생각났
는지 자신이 가져온 가방을 열더니 진운에게 내밀었다.

"시계⋯ 네요?"

백호연이 준 것은 손목에 차는 시계였다.

금장에 딱 봐도 비싸 보이는 시계였다.

모양은 살짝 얇은 것이 남자가 하든, 여자가 하든, 무난

해 보이는 디자인의 시계이긴 했다.

하지만 뜬금없이 이걸 주는 이유를 모르겠다는 듯 쳐다보자,

"그거 시리 양이 전해달라고 했네, 어제 같이 주려고 했는데 완성이 늦어져서 오늘 나에게 전해달라고 하더군."

보기에는 평범함 시계인데 무슨 완성을 기다리는 건지 모르겠다는 표정이자,

"그거 수신기야. 그리고 여기 세 개 더 있네."

백호연은 가방 안에서 같은 시계를 더 꺼내 진운에게 주더니, 동시에 서류봉투 같은 것도 같이 건네주었다.

"이건 뭡니까?"

"설명서."

"…설명서요?"

도대체 무슨 시계이길래 설명서를 서류봉투에 넣어서 주는지 모르겠지만 우선 주니 받긴 했다.

"그리고 이건 내가 전해주기로 한 자료네."

백호연은 본래 자신이 이곳에 온 목적인 조사 자료까지 진운에게 넘겨주고 나자,

"그럼 난 가네~"

쌩하고 뒤도 돌아보지 않고 가버린 것이다.

물론 본과 아이린을 데리고서 말이다.

　그렇게 순식간에 별장이 조용해지자 진운은 우선 받은 시계를 꺼내 레이나에게 하나, 그리고 리엘에게 하나 주었다.

　"이걸 받아도 되나요?"

　리엘은 진운이 주는 것을 받고는 번쩍이는 것이 무척이나 값진 것 같기에 슬그머니 손을 내밀면서 돌려주려는 듯했다.

　"받아놔, 어차피 나도 공짜로 얻은 거니까 말야."

　"그래도 이런 걸 제가… 받아도 될지……."

　그동안 그토록 레이나와 아이린 그리고 진운이 정신개조를 했지만, 노예로 살아온 시간이 너무나 길었기 탓인지 완전히 바뀌지는 못하는 리엘이었다.

　다만, 진운은 그런 리엘이 조금 안타까울 뿐이었다.

　지금까지 살아오면서 여자라면 좋아하는 반지나 목걸이는커녕 작은 귀걸이조차 해본 적이 없는 리엘로선 비싸 보이는 시계를 선뜻 받는 게 쉽지 않았으니 말이다.

　"우선 설명서 좀 볼까?"

　뭐, 주기에 받긴 했지만 도대체 무슨 시계이길래 설명서까지 있냐는 생각으로 서류 봉투에서 꺼내 읽어본 진운은 10분 뒤 혀를 내둘렀다.

　"무슨 이런 작은 시계에, GPS에, 위치 감지에, 위성전화

기능까지……. 거기다 서로 상대방 위치를 좌표로 확인할 수 있는 기능에 위성 및 모든 감시 회피기능까지……. 완전 팔목에 찬 슈퍼컴퓨터네……."

도대체 어떻게 이 작은 시계 안에 설명서에 쓰인 기능을 다 집어넣었는지 이해가 가진 않았다.

하지만 원하면 자신이 현재 서 있는 지역의 지명과 위치 그리고 같은 시계를 쓰고 있는 사람과 위성으로 연락까지 가능하다는 것에 반쯤 질려 버린 상태였다.

대동그룹이라면 워낙에 IT쪽으로 세계에서 알아준다고 하지만 이 정도 기술력을 가지고 있는 줄은 전혀 몰랐었던 진운이었다.

무엇보다 반영구적이라는 배터리가 가장 놀라우면서도 이해가 가지 않는 진운이었다.

일반적으로 보통 시계 기능을 가진 것도 길어봐야 2년이면 배터리를 바꿔줘야 한다.

반면, 지금 진운이 손목에 차고 있는 것은 위성전화 기능까지 있는 데도 배터리가 반영구적이라는 것이다.

그 말인즉, 별일없으면 바꿔줄 필요가 없다는 말이나 다름없으니 말이다.

"이 정도로까지 지원해 주다니……. 나 원 참……."

무슨 007영화 찍는 것도 아닌데 아공간이 옵션으로 달린 슈퍼카부터 무제한 신용카드, 이제는 엄청난 성능을 가진 시계까지, 이렇게 최첨단 장비를 마구 퍼다 주는 시리의 행동에 김현중의 명령이 얼마나 대단한지 슬슬 이해가 되는 중이었다.

최대한 지원해 주라는 단 한마디에 대동그룹이 가진 모든 것을 동원해서 진운의 뒤를 밀어주는 것을 느낄 수 있으니 말이다.

그리고 진운을 가장 놀라게 한 것은 시계의 기능 중 위성까지 포함해서 모든 감시 기능을 회피할 수 있다는 내용 때문이었다.

사실 백호연이 어느 정도 막아주고 있다고 하지만 그것도 한계가 있는 법이다.

무엇보다 위성으로 감시하는 일루미나티 녀석들을 상대로 공간이동을 할 수 없어 현재 움직임이 자유롭지 못하단 점이 진운에게 가장 큰 걸림돌이라 할 수 있었다.

그런데 무슨 원리인지는 모르지만, 설명서에 언급된 시계의 위쪽에 빨간 버튼을 누르면 위성감시 회피가 실행된다는 것에 막상 실험해 보고 싶은 생각이 들었다.

위성 및 모든 감시 회피 기능이라는 이름도 긴 이 기능이 얼마나 잘 작동하는 것인지 궁금해지기 시작했다.

그리고 이것을 확인하려면 방법은 한 가지뿐이었다.

시계를 차고 밖으로 나가는 것 말이다.

"레이나, 필요한 거 없어?"

진운이 시계를 만지작거리면서 물어보는 모습에 레이나는 입가에 미소를 띄우더니,

"리엘이 입을 옷이 좀 필요해."

일행 중에 아이린이 그나마 리엘과 가장 비슷한 나이대였고, 체형도 비슷해서 옷을 빌리긴 했다.

하미나 이번에 백호연을 따라 본과 같이 가버렸으니 현재 리엘의 옷은 현재 입고 있는 게 전부였다.

물론 지금 입고 있는 옷도 사실 아이린이 입던 트레이닝 복이었고, 언제까지 아이린의 옷을 나눠 입을 수도 없는 노릇이다.

그렇다 보니 어차피 말 나온 김에 사기로 결정한 것이다.

그리고 진운과 레이나 그리고 리엘은 별장을 나오자마자 바로 가장 궁금하던 감시 회피 기술의 버튼을 눌렀다.

그리고 적잖이 탄성을 내며,

"설마 미러 이미지를 이렇게 사용할 줄이야……. 기발하다고 해야 할지……."

버튼을 누른 뒤 벌어진 일에 진운은 감탄할 수밖에 없었다.

뜻밖에도 시계에서 마나의 향기가 느껴졌다.

그리고 마나의 향기가 퍼지는 것과 동시에 손으로 만져지지는 않지만, 마나에 민감한 진운과 레이나의 눈으로 자신들의 어깨까지 반구 형태로 투명하고 얇은 막이 펼쳐지는 것을 보았다.

꼭 커다란 솥단지를 뒤집어쓴 것 같은 미러 이미지 마법이 그들에게 펼쳐진 것이다.

레이나조차 설마 이런 방법을 감시 회피기술이라고 떡하니 설명서에 써놨을 줄은 전혀 예상하지 못했었다.

"……??"

리엘은 평범하기에 지금 자신의 상체를 뒤덮고 있는 미러 이미지 마법을 볼 수도, 느낄 수도 없기에 진운과 레이나가 놀라는 것을 이해하지 못하는 듯한 표정이었지만 말이다.

―이게 발상의 전환이라는 건가……?

레이나도 전혀 생각지 못했던 마법의 활용에 놀라워하면서 전혀 다른 방식의 사용법을 인지한 것이다.

레이나가 마법의 경지가 높긴 했지만 아무래도 대륙의 사고방식에서 크게 벗어나지 못하는 편이었다.

본래 마법 주문의 활용성 그대로 사용하기만 했고, 마법을 좀 더 빠르고 간편하게 사용하는 방법에만 집중했지, 이처럼 마법의 특성을 파악해서 완전히 다른 용도로 사용하는 것은 생각지 못했었다.

"신용카드에 아티팩트 마법을 적용할 때 이미 알아봤어야 하는 건데……."

—응? 아티팩트?

진운이 무심결에 한말에 레이나가 반응을 보이자 진운은 시리에게 받은 세계 유일한 한도 무제한 신용카드를 꺼내 보여주었다.

—…이건… 내가 알고 있는 마법진과 마법 수식을 크게 벗어난 경지야.

마법진이라면 사실 레이나도 자신있는 편이었는데 진운이 건네준 신용카드를 받아서 살펴본 결과, 레이나마저 고개를 흔들 정도로 엄청난 마법적 기술이 적용되어 있음을 그들은 알게 되었다.

"그 정도야?"

진운은 그저 인식마법과 신용카드 특성을 살린 거라고 생각했는데 레이나의 반응을 보니 그게 아닌 듯했다.

—진운은 잘 모르겠지만, 여기에 그려진 문양과 글자까지 모두 계산된 마법 수식 중에 하나야.

"헐……. 그 정도야?"

사실 투명한 것만 빼면 일반 신용카드와 크게 다른 점을 느끼지 못했던 진운이었다.

그렇다 보니 레이나의 설명에 그동안 무심했던 신용카드를 다시 보는 계기가 되었다.

—이거 잃어버려도 걱정없겠어.

"그야 내 마나를 인식해서 어차피 다른 사람은 사용도 못한다고 했으니 당연하지."

—그게 아니야, 카드에 이미 소환마법이 적용되어 있어.

"소환마법?"

—응, 일정 시간 이상 진운과 떨어져 있으면 자동으로 진운의 품으로 돌아가도록 되어 있어. 그러니 잃어버릴 걱정은 없는 거지.

"……."

레이나의 설명을 들어보니 그냥 한도 무제한 신용카드로서의 가치가 전부가 아니었다.

거기에 진운은 자신에게 줄 때 테스트용이라 했던 기억을 떠올렸다.

신용카드에 자동 소환 마법이 걸려 있다?

이는 아마 절대로 카드를 잃어버리는 사람이 없을 것임을 의미했다.

한 해 신용카드 분실로 인해 벌어지는 사건 사고가 엄청난 것을 생각하면 이건 획기적이기까지 한 것이다.

—진운, 이거 누가 만든 거야?

웬만하면 호기심을 드러내지 않는 레이나가 눈을 반짝이면서 진운에게 카드의 출처를 묻자,

"그거 어제 봤잖아."

─설마 그… 혈족?

"맞아."

─말도 안 돼……. 마족은 마법진을 이렇게까지 다루질 못한다고 들었는데…….

레이나는 적잖이 감탄하고 놀랄 수밖에 없었다.

마족은 따로 마법진 같은 복잡한 방법을 사용할 필요가 없는 종족이었다.

이미 마족의 존재 자체가 정신체로 이루어져 있기에 정신력을 가장 중요하게 필요로 하는 마법을 사용하기에는 최고의 조건을 가지고 있으니 말이다.

그렇기에 드래곤만큼이나 마법 종족이라고 불리는 게 바로 마족이었다.

그런데 그런 마족이 이 정도로 마법진과 마법 수식에 정통하리라고는 레이나조차 결코 생각지 못했던 것이다.

거기다 대륙이 아니라 이곳 지구에 마족이 있다는 것도 뜻밖이었다.

또한 무엇보다 그들을 어깨까지 완전히 감싸고 있는 미러 이미지도 감탄할 대상이었다.

완전하게 감싸져 있기 때문에 CCTV로부터도 안전했다.

무슨 수를 썼는지는 모르지만, 일반적인 사람의 눈으로는 원래 그 모습 그대로 보였다.

하지만 시험 삼아 휴대폰 카메라로 레이나를 보았을 때 진운은 말했다.

"…레이나 흑발도 잘 어울리는데?"

─흑발?

카메라렌즈로 본 레이나는 흑발에 검은 눈동자를 가지고 있는 완벽한 한국 사람으로 보였던 것이다.

리엘도 상황은 마찬가지였다.

원래 얼굴의 형태는 비슷하지만, 검은 머리카락과 검은 눈, 그리고 피부색도 완전하게 바뀌어 보이었다.

해서 자신은 어떻게 보이는지 궁금해진 진운은 휴대폰을 레이나에게 넘겨주었다.

찰칵!

그러자 카메라로 찍어서 사진을 보여주는데,

"이게 나야?"

붉은 머리카락에 벽안의 눈동자를 가진 완벽한 백인의 모습을 보며 한편으로는 묘하게 마음에 드는 진운이었다.

─이 정도면 거의 완벽한데?

레이나도 설마 이 정도로 미러 이미지 마법 변환해서 사용할 수 있다는 것에 놀라면서도, 카메라에 찍힌 흑발과 검은 눈동자의 모습을 몇 번이나 다시 보며 왠지 마음에 들어 하는 눈치였다.

"가자."

우선 실험은 성공적으로 끝나 버렸고 이제 더 이상 위성 감시나 CCTV감시 때문에 골치 아파할 필요가 없다는 것 때문인지 기분 좋게 멕라렌 P1에 올라탔다.

리엘은 당연히 레이나가 만들어 놓은 뒷자리에 앉았고 말이다.

Chapter
05
백
화
점

부웅~

진운의 멕라렌 P1이 지리산에서 가장 가까이 있는 대동
백화점 건물로 들어가기 위해 주차장에 들어설 무렵, 주차
안내 직원이 황급히 진운에게 다가오더니,

"고객님, 이쪽으로 오십시오."

다른 사람들과 다른 곳으로 안내하는 것이다.

"……??"

진운은 왜 자신을 다른 곳으로 안내하는지 궁금한 표정
을 지었다.

그동안 수많은 고객을 상대한 경험이 있는 듯 눈치껏 진운의 눈빛을 읽은 직원은,

"고객님의 안전을 위해서 다른 곳이 마련되어 있으니 염려 마시고 이쪽으로 오십시오."

고객의 안전이 아니라 고객의 비싼 차의 안전 때문이겠지라는 생각이 들긴 했지만 이해는 했다.

사실 지금 자신이 타고 있는 멕라렌 P1을 누가 긁기라도 한다면 진운이야 어차피 공짜에 자동차란 본래 타고 다니는 이동수단이라는 개념이 강하다 보니 신경 쓰지 않겠지만, 주차직원한테는 자신의 밥줄이 왔다 갔다 하는 커다란 사고일 수도 있으니 말이다.

"고마워요."

진운은 인사치례로 고맙다는 말과 함께 지하로 들어가는 다른 차와 달리 길 끝에 있는 엘리베이터로 차를 몰았다.

그리고 다시 엘리베이터에서 나왔을 때 보인 것은,

"…비싼 차가 이렇게 많았나?"

무슨 외국 유명 스포츠카 전시회라도 온 것 같은 착각이 들 만큼 가지각색의 스포츠카가 이미 주차되어 있는 것이다.

거기다 진운이 엘리베이터에서 차를 몰고 나오자마자 주차 안내 직원이 달려와 아주~ 친절하게 안내까지 해주는

것이다.

혹시라도 실수로 다른 차와 접촉이라도 날까 봐 노심초사하는 눈빛이 보였지만 주차하는 것은 크게 문제없었다.

"어서오십시오~"

머리가 땅에 닿을 만큼 숙여서 인사하는 과잉친절까지 보여주는 모습에, 확실히 있는 사람과 없는 사람의 대접이 얼마나 다른지 피부로 느끼게 해주는 모습이었다.

―진운, 지갑 좀.

차에서 내려 백화점 안으로 들어가는 입구로 가려는데 레이나가 진운을 불러 세우더니 지갑을 달라기에 아무 생각 없이 진운이 지갑을 건넸다.

레이나는 진운의 지갑에서 5만 원짜리 두 장을 꺼내더니 주차 안내 직원에게 주는 것이다

―수고하세요.

"이렇게까지……. 고맙습니다!!"

돈의 위력은 역시나 대단했다.

아까와 인사하는 목소리부터가 달랐으니 말이다.

특히나 목소리에 힘이 실리고 정말 고마워하는 감정이 고스란히 느껴졌었다.

"팁 준 거야?"

진운은 딱히 팁을 주는 것이 익숙하지도 않았기에 생각

지도 못하고 있었는데 레이나가 오히려 능숙하게 팁을 주자,

―내가 그동안 알아본 정보에 의하면 이런 경우 팁을 주는 게 예의라고 하던데, 그리고 봐 정말 고마워하잖아.

"…그야 뭐, 아니, 잘했어."

사실 팁이라는 개념이 크게 와 닿지 않는 한국이었지만, 레이나가 한 것이 딱히 나쁘다고는 생각진 않았다.

있는 만큼 베푸는 것이니 말이다.

그리고 어차피 진운은 레이나가 직원에게 준 팁도 시리에게 받은 신용카드를 시험 삼아 써보려고 현금을 뽑아 둔 것이라 그런지, 자기 돈도 아니라는 생각에 뭐 아깝다거나 그런 생각도 없었다.

후다다닥!!

"좋은 쇼핑 되십시오~"

돈이란 확실히 귀신도 부린다는 말이 맞는지 직원이 손수 문까지 열어주면서 최대한 진운 일행이 불편함이 없도록 배려까지 해주니 말이다.

그런 대접을 받자 진운은,

"나름 돈도… 쓰는 재미가 있네."

사실 대접 받아서 기분 나쁠 사람이 없는 법이다.

누가 보면 돈지랄 한다고 할 수도 있지만 진운의 생각은

달랐다.

진운에게는 그저 팁일 수도 있지만, 팁을 받은 주차 안내 직원은 그 돈으로 생활한다고 생각하면 절대 돈 자랑 한다고 생각할 수 없으니 말이다.

기부는 좋게 보면서 팁을 주는 것을 이상하게 비꼬아 보는 주변의 시선이 오히려 이상했다.

외국 같은 경우 팁은 받은 그 사람의 몫으로 정해지는 것이 암묵적인 룰이었고, 월급이 적은 대신 팁으로 생활하는 사람들이 제법 있는 경우가 많았다.

한마디로 진운의 지갑에서 나간 5만 원짜리 두 장은 그냥 팁이 아니라 그 직원에게 월급을 준 것이나 다름없는 것이다.

있는 만큼 써라, 이게 진운이 아버지에게 배운 철학이었다.

돈이란 돌고 돌아야 하는 것이라고 배웠고, 그것을 몸소 보여준 아버지 밑에서 자랐으니 진운도 돈을 쓰는 것에 있어서 크게 아까워하거나 그런 편도 아니었다.

다만, 길가에 구걸하는 거지에게는 100원도 주지 말라고 배웠었다.

물론 '일하지 않는 자, 먹지도 말라' 라는 그런 거창한 의미가 아니라 현실적인 시선으로 봐서 공짜로 얻는 돈에 익숙해진 게으른 인간일 뿐이라는 것이 이유였다.

그리고 무엇보다 돈이란 버는 것은 힘들지만 쓰는 것은
참 재미있는 편이었다.

"……."

"……."

진운과 레이나가 백화점 안으로 들어서자 주변의 반응이
딱 이러했다.

특히나 진운이 시선을 던지는 매장 쪽은 당황한 직원이
어쩔 줄 몰라 하는 경우가 허다했고, 쇼핑 나온 남자들도
레이나를 보고는 고르던 옷을 들고 그대로 망부석마냥 모
든 행동이 멈춰 버렸으니 말이다.

하지만 레이나도 여자였던가?

리엘과 레이나가 입을 만한 옷을 파는 매장이 모여 있는
층에 오더니 눈빛부터 달라지는 것이다.

"…설마 또 몇 시간은 아니겠지?"

진운은 달라진 레이나의 눈빛에 과거 쇼핑할 때 엄청 돌
아다녔던 경험이 떠올라 가능하면 피해야 한다고 생각해
놓고도 다시 자기발로 백화점을 온 것을 이제야 후회했다.

하지만 어쩌겠는가, 이미 와버린 것을…….

그리고 리엘마저도 레이나를 따라 눈빛이 변하는 것을
본 진운은 그냥 포기해 버렸다.

"쇼퍼… 홀릭이군."

진운의 이 말이 떨어지기가 무섭게 가장 가까운 매장부터 들어간 레이나는 신중하게 옷을 고르기 시작했다.

우선 먼저 리엘이 입을 옷을 사기 시작했는데, 쇼핑이란 여자에게 있어서 무슨 마력이 있는지 도무지 알 수 없는 진운을 뒤로한 채 리엘도 더불어 완전 돌변해 버렸다.

우선 레이나가 권해주는 옷을 모두 입어보기 시작하더니 레이나의 OK 사인이 떨어진 옷은 무조건 계산대에 쌓이기 시작했다.

가격? 그딴 것은 애초에 보지도 않고 있는 레이나였다.

마음에 들면 OK, 디자인이 좋으면 OK, 입기 편하면서 맵시가 살아나는 옷도 무조건 OK였다.

물론 계산은 진운의 주머니에 있는 세상 유일무일한 한도 무제한의 아티팩트로 만들어진 신용카드가 모든 돈을 해결해 버렸다.

—다음.

한곳에 매장을 거의 싹쓸이하다시피 털어버린 레이나와 리엘은 다시 눈에 띄는 옷이 많은 매장으로 들어가더니 초토화를 시작했고, 결국 세 번째 매장을 털기 시작할 때쯤 백화점 쪽에서 도와줄 직원까지 보내줄 정도였다.

"고객님 편히 모시겠습니다."

건장한 직원 네 명이 와서 쇼핑백만 들어도 꽉 찰 정도였으니 오죽하겠는가.

"쇼핑을 많이 하시네요, 고객님."

직원도 네 번째 매장을 털고 있는 레이나와 리엘을 보고는 질린 표정으로 진운에게 묻자 진운은 그저 웃으면서,

"아마 몇 명 더 필요할 겁니다. 이제 시작이거든요."

"…그, 그러시군요. 어디 여행이라도 가십니까?"

일반적으로 여행을 가기 전에 쇼핑을 많이 하는 편이니 그냥 인사치레로 한 말인데 진운은 고개를 끄덕이면서,

"본래 좀 여자들이 그렇죠……."

"하하하하……. 뭐, 저도 동의합니다."

여자의 쇼핑에 한도 무제한이라는 옵션이 달리면 얼마나 무서워지는지 정말 두 눈으로 직접 확인한 직원은 자기가 돈 쓰는 것도 아닌데 이상하게 긴장하고 있었다.

정작 돈을 지불하는 진운은 그저 기다리는 시간이 지루하다는 표정이었고 말이다.

"이제 끝이야?"

무려… 세 시간이었다.

오로지 들어가서 마음에 드는 옷, 가방, 신발, 모자 등을 모두 사버리는 엄청난 짓을 저지른 레이나가 쇼핑이 끝난 것은 말이다.

고르는 과정은 일체 없었다.

왜냐? 어차피 돈은 남아도는데 뭣하러 돈 걱정을 하겠는 가?

그리고 레이나가 초토화시킨 매장의 전리품이 너무나 많 아서 결국 백화점 쪽에서 무려 열 명의 직원을 불러서 주차 되어 있는 멕라렌 P1에 집어넣는 데만도 30분이 넘는 시간 이 걸렸을 정도였다.

물론 직원들은 2인승 스포츠 카 안에 그 많은 쇼핑백이 모두 들어가 버리는 것에 고개를 갸웃거리긴 했지만, 고객 에 대해서는 일체 의문을 가지지 않는 것이 서비스업의 기 본이니 곧 고개를 돌려 버렸다.

—이제 밥먹자.

"……."

이미 쇼핑한 옷과 신발로 완전 탈바꿈한 레이나와 리엘 은 완전히 달라진 모습이었다.

물론 진운도 옷이 바뀌어 있었다.

레이나가 자신과 리엘의 옷만 산 것이 아니라 진운의 옷 도 사긴 했다.

겨우 10분 정도였지만 말이다.

—역시 진운은 옷걸이 좋아.

"그런 말은 또 어디서 배운 거야."

어디서 배웠는지 옷걸이가 좋다는 말까지 하면서 혼자 만족하는 레이나를 데리고 간 곳은 백화점이 아니라 건너편에 있는 대동호텔 레스토랑이었다.

"안녕히~ 가십시오~ 고객님~!!"

팁의 약빨이 아직도 고스란히 남아 있는 주차 안내 직원의 친절한 배웅을 받으면서 길 건너 대동호텔에 도착했을 때, 이번에는 진운이 먼저 지갑을 열어 발렛파킹하는 직원에게 팁을 주자,

"감사합니다, 고객님!!"

5만 원짜리 두 장의 위력은 역시나 대단했다.

자신의 동료를 불러서 별로 복잡하지도 않은 호텔 내 레스토랑 입구까지 극진히 안내해줬으니 말이다.

물론 그냥 안내해줬을 리가 없는 것을 알기에 그 직원에게도 5만 원짜리 두 장을 주는 것을 잊지 않았다.

"좋은 시간 되십시오, 고객님!!"

진심으로 감사하는 인사를 받으면서 레스토랑 안으로 들어가자 직원의 안내로 괜찮은 창가 자리에 앉았는데, 진운에게는 무려 세 시간 만에 처음 앉는 의자였다.

—힘들었어?

진운이 쇼핑을 싫어한다는 것을 알고는 있지만, 여자의 본능을 어쩔 수 없는지 뒤늦게 진운의 조금 지친 표정을 보

고 레이나가 한마디 했다.

하나, 남자 체면이 여기서 힘들다고 하긴 그래서 진운은
그냥 고개를 저으면서 웃었다.

"별로, 내가 이 정도에 지치면 마나가 울겠다."

—후후후훗…….

사실 진운은 약간 지쳐 있긴 했다.

도무지 쇼핑은 익숙해지지 않았으니 말이다.

사실 쇼핑 중에 진운은 그저 서 있는 것이 전부였다.

지친다고 하기에는 조금 무리가 있는 것이다.

오히려 쇼핑 중에 수백 번 옷을 갈아입고 한 번도 쉬지
않고 걸어 다닌 레이나와 리엘이 지금쯤 지쳐서 쓰러져도
이상하지 않았을 정도인데, 오히려 반대로 진운이 지치고
레이나와 리엘은 멀쩡한 것이다.

"저기 진운님……."

"응?"

"이거, 뭐라고 쓰여 있는 건지 모르겠어요."

노예 신분으로 대륙 공용어의 글자도 배우지 못했던 리
엘이 이곳 지구의 한글을 알 리가 없었기에 레이나가 시키
는 것과 같은 것으로 주문해 주면서 고개를 돌리는데 진운
의 귓가에 지금 레스토랑으로 들어오는 남자 둘의 대화가
거슬리는 것이다.

“야, 너 들어오면서 주차된 그 차 봤냐?”

“아……. 그 검은색 맥라렌?”

지금 저 두 사람이 말하는 검은색 맥라렌이라면 당연히 진운의 차였다.

맥라렌 P1이 흔한 차가 아니었고, 발렛파킹하는 직원이 흠칫~ 놀랐을 정도라면 이곳 대동호텔에 한 대뿐일 테니 말이다.

“죽이지 않냐?”

“죽이긴 무슨. 어디 돈 많은 재벌집 자식이 생각없이 돈 지랄 하는 거겠지.”

“난 그 돈지랄이도 좋다. 한번 몰아봤으면 소원이 없겠더라. 그 VIP고객 전용 자리에 주차된 것만 아니면 한 번 어떻게 생겼는지 가까이 가서 보고 싶었는데 말야.”

친구의 말에 남자는 어깨를 두드리면서,

“관둬라, 거기 가까이 갔다가 직원들한테 쫓겨난다.”

“쳇……. 그 멕라렌 몰고 홍대클럽 가면 아주 여자들 죽어나겠지?”

“크크크크큭, 그걸 말이라고 하냐, 아마 골빈 년들 죽자고 달려들 거다.”

“좋겠다, 차 주인이 누군지.”

“부러우면 너도 돈 벌어서 사.”

“미쳤냐? 그거 차 가격만 20억에 가까운데……. 생각 없다~”

두 사람의 대화를 들으면서 진운도 공짜로 주니 받았지, 산다면 절대로 살 생각이 없는 차이긴 했다.

그런데 두 사람의 대화가 끝날 때쯤, 직원 하나가 황급히 뛰어 들어오더니 누군가를 찾는 듯 두리번거리기 시작했고, 곧 진운과 눈이 마주치자 빠르게 다가왔다.

“고개님.”

“무슨 일이죠?”

“검은색 XXXX 맥라렌 주인이십니까?”

직원이 차번호까지 말하면서 물어보자 자기 차가 맞기에 고개를 끄덕이자 난감하다는 표정으로,

“그게… 고객님이 몰고 오신 멕라렌이 자기 차라고 주장하는 사람이 나타났습니다.”

“……???”

순간 이게 무슨 말인지 이해가 되지 않는 진운이 고개를 갸웃거리자 직원도 이런 경우는 처음인지 당혹스러워 했다.

마늘하늘에 날벼락도 아니고, 대동그룹의 실세로 보이는 시리가 훔친 차를 줬을 리도 없었다.

더더욱 훔친 차에 아공간 마법을 옵션으로 달아서 줄 리

도 더더욱 없고 말이다.

"어떻게 하시겠습니까?"

"가보죠."

진운이 흔쾌히 일어서면서 가보자는 말에 직원도 혹시나 진운이 화내면 어쩌나 걱정했는지 안심하는 듯했다.

"잠시만 나 다녀올게."

─응, 우리 먼저 먹고 있을게, 그럼.

별거 아닌 일인 듯한 진운의 표정에 레이나도 대수롭지 않게 생각하지 않고 있었다.

그리고 직원을 따라 주차장으로 간 진운이 본 것은 대머리에 목에는 손가락 굵기만 한 금목걸이를 착용하고, 어울리지도 않는 선글라스를 쓴 남자와 일행으로 보이는 네 명의 건장한 사람들이었다.

"너 이 새끼!! 감히 내 차를 훔쳐!!"

다짜고짜 진운을 보더니 쌍욕을 하면서 진운의 멱살을 잡으려고 손을 뻗는 대머리였다.

하지만,

스윽~

가볍게 걸어가던 발걸음만 바꾸는 것만으로 너무나 자연스럽게 대머리를 지나쳐 자신의 차 앞으로 온 진운은 고개를 돌리면서,

"자기차라는 증거는?"

오히려 덤덤한 표정으로 대머리를 향해 한마디 했다.

"이 새끼가 아주 죽으려고 작정을 했구나! 야 저 새끼 잡아서 경찰서로 가자! 콩밥을 먹어봐야 정신을 차리지."

일체 대화 자체를 하지 않으려는 듯 대머리는 무조건 쌍욕에 자신의 뒤에 있던 건장한 네 명을 시켜서 힘으로 제압하려고 하는 것이다.

"고객님, 이러시면……."

직원이 어떻게 해보려고 했지만 적극적으로 나서지 않고 있었다.

그런데 진운은 오히려 그런 대머리가 하는 짓을 쳐다보더니,

씨익~

입가에 미소를 지으면서,

"네놈 윗대가리가 시키든? 나를 이곳으로 불러내라고 말야."

흠칫!

진운의 정확하게 핵심을 찌르는 말에 흠칫거리는 모습을 보니 대머리의 눈동자를 제대로 읽은 듯했다.

"무슨 소리야!! 이 새끼가!! 어린 새끼가 겁도 없이!! 야! 잡아서 경찰서로 끌고 가!"

오히려 본심이 들켰다고 생각했는지 더더욱 난리치면서 무조건 부하 네 명을 진운에게 보내는 것이다.

다 한패인지 네 명도 진운에게 다가오더니,

"어린놈이 입 함부로 놀리면 제명에 못 죽는다."

은근히 협박까지 하는데, 그 모습에 진운은 조용히 입가에 미소를 지우면서,

"누가 시켰는지 저놈한테 물어보면 되겠지?"

한마디를 하더니 발걸음을 한걸음 내딛었다.

퍼걱!

털썩.

"……!!"

무슨 일이 일어났는지 확인할 겨를도 없이 진운의 왼쪽에 있는 녀석이 그대로 고꾸라지더니 꿈쩍도 하지 않았다.

그리고 또다시 진운이 한걸음 내딛었을 때,

퍽!

털썩.

진운의 오른쪽에 있는 녀석도 그대로 고꾸라져 버렸다.

"뭐, 뭐야!!"

무슨 일이 일어났는지 확인할 겨를도 없이 자신의 동료 둘이 그 자리에 무릎 꿇고 주저 앉아버리자 당황했는지,

"이 새끼가!!"

냅다 주먹을 진운의 얼굴을 노리고 휘둘렀다.

하지만.

스윽~

홀연히 눈앞에서 사라져 버린 진운, 그리고 그가 다시 나타난 것은 주먹을 휘두른 녀석의 바로 코앞이었다.

"너희는 필요없어."

그 말과 함께 조용히 손을 올려 손바닥을 녀석의 가슴에 살짝 가져다댄 순간,

팡!!

마치 커다란 쇠뭉치가 가죽으로 만든 북을 때리는 듯한 엄청난 소리와 함께 사람이 날아가 버리는 진풍경이 펼쳐져 버렸다.

"……!!"

그렇게 세 명이 사라져 버리자 혼자 남아 있던 녀석은 놀란 토끼눈으로 진운을 쳐다보고만 있는데 뒤에 대머리는 아주 난리치는 중이었다.

"야!! 찔러!! 새끼야!! 찔러!!"

진운의 미친 존재감 때문인지, 아니면 무력 때문인지 모르지만 머릿속이 백지 상태였던 남은 한 녀석은 반사적으로 품에서 칼을 꺼내려고 손을 집어넣었는데,

"꺼내면… 죽는다."

나직한 진운의 한마디가 들리는 순간 온몸에 전율이 일어나면서 그대로 멈춰 버렸다.

"장난감은 그냥 니들끼리 놀 때나 써라."

퍽!!

가볍게 휘두른 훅 한 방에 턱이 완전히 돌아버린 녀석은 반항다운 반항 한 번 하지 못하고 그대로 쓰러져 버렸다.

"뭐야!! 너 이 새끼!!너 정체가 뭐야!!"

대머리는 지금 정신이 없었다.

진운을 에워싸고 있던 네 명은 자신이 알고 있는 녀석들 중에 가장 강하다고 생각한 녀석들이었으니 말이다.

그런데 그런 녀석들이 보기에 호리호리하니 힘 하나 쓸 것 같지 않은 진운에게 반항은커녕, 어떻게 당했는지 영문도 모른 체 모두 쓰러져 버린 것이다.

"저기 고객님, 여기서 이러시면……."

직원은 진운이 혹시라도 끌려갈까 봐 걱정스러워 했다가, 순식간에 상황이 역전되어버리자 당황했는지 진운에게 한마디 했지만,

찌릿!!

진운의 눈동자와 마주한 순간 몸이 그대로 얼어 버렸다.

물론 대머리도 마찬가지였다.

다른 점이 있다면 직원은 그저 살기로 겁을 줘서 긴장시

켰을 뿐이지만, 대머리는 눈과 입 빼고는 모두 제압해 버렸다는 것이 조금은 다를 뿐이었다.

저벅, 저벅저벅…….

"오, 오지 마… 오지 마……!!"

멍하니 서서 입으로만 오지 말라고 떠드는 대머리에게 지금 걸어오는 진운은 공포 그 자체였다.

물론 대머리가 그러거나 말거나 진운은 자신의 숨결이 닿을 만큼 가까이 얼굴을 가져다 대고는 말했다.

"누가 시켰냐?"

"그, 그게… 도, 도련님이……."

대머리의 입에서 도련님이라는 말이 나오자 바로 삐딱하게 말투가 바뀌어 버린 진운은,

"도련님이라……. 돈지랄 하는 어린놈이… 나를 건드렸다는 거네?"

"그게… 모르고……. 하하하……. 모르고 저지른 짓인데… 용서를……."

우선 자신이 살고 봐야겠다는 생각 때문인지 묻는 말에 순순히 대답하는 대머리였다.

진운은 어차피 이 녀석은 아무것도 아니었기에 그대로 지나치더니 조용히 걸음을 옮겨 주차장을 나가 버렸다.

그렇게 진운이 주차장에서 모습을 감춘 이후,

“저기… 제 몸은 풀어주고 가서야……. 저기 여보세요?
저 좀 풀어주세요……. 제발…….”

눈동자와 입을 빼고는 손가락 하나 까딱할 수 없게 된 대
머리는 구슬프게 울기 시작했다.

동시에 진운의 눈빛에 제압되었던 직원들은 진운이 사라
지자 그제야 온몸에 힘이 풀리더니,

털썩 털썩.

제자리에 주저앉아 버렸다.

“저희가 무슨 잘못이 있다고…….”

애꿎은 원망 섞인 말을 하지만 결코 크게 하진 못했다.

혹시라도 진운이 듣고 다시 돌아올지 걱정되어서 말이
다.

Chapter 06
권력이란

　　주차장을 나와 다시 레스토랑으로 돌아온 진운의 눈에
보인 것은 레이나와 리엘의 맞은편에 떡하니 앉아 있는 이
제 이십대 초반으로 보이는 웬 양아치 하나였다.

　　뭐, 딱 봐도 돈 좀 있는 집안의 자식 같아 보이긴 했지만,
지금 진운의 눈에는 발정난 개만도 못한 녀석으로 보일 뿐
이었다.

　　저벅저벅, 저벅저벅.

　　"저기 아가씨, 어때요? 제가 괜찮은 곳 아는데 그곳이
면 당신의 미모에 맞는 맛있는 음식과 와인을 대접해

드… 켁!!”

느끼한 멘트로 레이나를 유혹하려고 별의별 작업을 다 하고 있던 녀석은 갑자기 목이 콱 막히는 느낌과 함께 다리가 허공에 뜨는 것을 느끼고 고개를 돌렸다.

그 자리에는 처음 보는 남자가 자신의 목덜미를 쥐고 한 손으로 들어 올리고 있었다.

“헉, 저건 뭐지?”

“무슨 일이래요?”

워낙에 호텔 레스토랑에서 벌어질 만한 일이 아니었기에 순식간에 주변의 시선이 모이는 것은 당연했다.

그러거나 말거나 진운은 녀석의 목덜미를 쥐고 들어 올린 그대로 천천히 걸어가더니,

휙~

털썩!!

“크악……!!”

그대로 레스토랑 밖으로 집어 던져 버렸다.

집어 던지면서도 교묘하게 가장 아픈 등으로 떨어지도록 목의 혈을 살짝 눌러주었기 때문인지 돼지 멱따는 소리가 울려 퍼졌다.

이후 혼자 버둥거리는 모습을 잠시 보더니 아무 일 없었다는 듯 다시 자리로 돌아가려는 진운을 가로막은 것은 직

원이었다.

"고객님 죄송합니다. 소란을 일으키면 다른 분들에게 폐가 돼서……."

"……."

한마디로 나가달라는 말이었다.

사실 저 양아치 때문에 어차피 입맛이 떨어졌기에 진운은 시리에게 받은 카드를 꺼내 직원에게 주고는 그대로 레이나와 리엘에게 오더니,

"다른 곳으로 가자."

―리엘, 일어나렴.

레이나도 별다른 말없이 일어서는데,

"야!! 이 새끼 너!! 죽고 싶냐!!"

진운의 생각보다 제법 일찍 일어난 양아치가 레스토랑 안으로 고래고래 소리치면서 진운을 향해 삿대질을 시작했다.

아까 진운을 막아섰던 직원이 황급히 양아치에게 다가가 진정시키려고 했지만, 애초에 그런 직원의 말이 먹혀들 녀석이 아니었기에 아무런 소용이 없었다.

그러거나 말거나 진운은 레이나와 리엘을 데리고 레스토랑을 나가면서 양아치 앞에 서더니,

"비켜."

“이 새끼!! 너 죽고… 컥… 컥…….”

미친개마냥 당장에라도 달려들어 물어뜯을 듯 난리치던 양아치가 갑자기 자기 목을 양손으로 움켜잡으면서 가쁜 숨을 몰아쉬기 시작했다.

양아치가 그러거나 말거나 진운은 녀석을 지나치면서 귓가에 입을 가져갔다.

“두 번 다시 내 눈에 뜨이면… 죽인다.”

섬뜩!!

진운의 살기가 가득한 말 한마디가 양아치의 귓가를 파고들었고, 심하게 놀랐는지 아랫도리를 지리면서 눈을 까뒤집더니 그대로 기절해 버렸다.

─진운, 살기가 조금 강했어.

레이나가 슬쩍 주의를 주었지만, 사실 진운은 대륙에서 용병들을 상대했을 때 수준으로 살기를 사용했을 뿐이었다.

애초에 부하를 시켜 여자나 꼬이는 녀석이 용병 수준도 되지 못했는지 살기만으로도 기절해 버린 것이다.

“상관없어.”

진운이 대수롭지 않다는 듯 그대로 걸어가려는데,

“고객님!!”

갑자기 레스토랑 안에서 직원이 황급히 뛰어나오더니 진

운이 건넨 카드를 양손으로 내밀면서,

"정말 죄송합니다. 제가 모르고 무례를 저질렀습니다."

방금 전까지 레스토랑을 나가달라고 은연중에 압박하던 모습은 완전히 사라져 버린 것이다.

"……??"

진운이 영문을 몰라 하자,

"저희 대동그룹 고위 임원 전용 ' 골드 플래티넘 카드' 를 가지고 있었다고 진즉에 말씀하셨으면 저희가 알아서 이런 일은 처리해 드렸을 것입니다. 정말 죄송합니다."

그러고는 뒤에 직원 세 명을 부르더니,

"저 녀석 끌어내."

방금 전까지 진운보다 더 조심스럽게 대하던 양아치를 마치 무슨 쓰레기 치우듯 질질 끌고 사라져 버렸다.

"임직원……?"

진운은 시리에게서조차 듣지 못했던 말에 고개를 갸웃거렸다.

"제가 다시 자리를 만들겠습니다. 들어가시지요."

마치 진운이 자신의 목줄을 쥐고 있는 것처럼 태도가 180도 바뀌어 버린 직원의 모습이 조금은 미안하긴 했지만, 이미 입맛이 떨어져 버린 상태였기에 다시 들어갈 생각은 없었다.

"입맛이 떨어졌으니 그냥 가겠습니다."

정중히 진운이 거절하자,

"정말 죄송합니다. 다음에 다시 찾아주신다면 정말 성심껏 모시겠습니다."

"그러죠."

정말 진심으로 아쉬워하는 직원을 뒤로하고 카드를 받아든 진운이 등을 돌렸다.

─대동그룹의 고위 임직원? 진운 취직했어?

"아니."

─그럼 방금 그건 뭐야? 저사람 정말 진심으로 진운을 어려워하던데.

굳이 레이나의 진실의 눈이 아니라도 목소리로 느껴지는 떨림이 이미 진운에게 전해졌었다.

"이 카드 준 사람, 아니, 존재한테 물어보면 뭐, 알겠지."

별 생각 없이 진운은 그렇게 레스토랑을 떠나 버렸다.

한편,

"지배인님, 누구길래 그러시는 겁니까?"

깐깐하기로 소문난 지배인이 저렇게 극존칭에 저자세로 진운을 대하는 모습에 직원이 슬쩍 다가와 물어보았다.

"…하마터면 오늘 나 잘릴 뻔했다."

마치 벼랑 끝에서 살아돌아 온 것처럼 깊은 한숨을 내쉬는 지배인이었다.

"지배인님이 왜 잘립니까? 매출도 현재 호텔 중 지배인님이 탑이지 않습니까?"

"…방금 그 카드… 소유주가… 대동그룹 회장님 직속으로 단말기에 뜨더라……."

"헙!!"

대동그룹은 다른 기업과 달리 특이한 부서가 하나 있는데 그게 바로 대동그룹의 회장 직속 부서였다.

딱히 이름도 정해지지 않은 부서였지만 그 힘은 가희 대동그룹 내에서 회장을 제외하고는 정점에 올라 있을 만큼 무서운 곳이었다.

직원 하나 그만두게 하는 것은 일도 아닌 것이다.

오죽하면 이사로 있던 임원까지 가차없이 쳐낸 적이 있을 만큼 엄청난 곳이기도 했다.

지배인도 그저 소문으로만 들었을 뿐 실제로 회장 직속 부서를 만난 적은 없었는데, 오늘 딱 만나게 된 것이다.

물론 진운은 그런 것을 전혀 모르고 있지만 말이다.

"저기, 다시 모시고 오는 게……?"

직원도 지배인의 말에 이대로 보내는 것이 위험하지 않겠냐는 듯 물어보자,

"그냥 조용히 보내드리는 게 그나마 명줄 잡는 거다. 어

설프게 움직였다가는 오히려 쥐도 새도 모르게 회사에서
잘리는 수가 있으니까."

"네, 지배인님."

"가자, 그리고 아까 그 태봉기업 아들은 어떻게 했냐?"

이미 지배인은 그 양아치가 누구인지 알고 있었는 듯 물
어보자,

"뭐, 지배인님 명령이 있긴 했지만 휴게실에 눕혀 놓았습
니다."

"잘했어. 뭐, 개망나니 같은 놈이지만 우리 레스토랑 매
출을 착실하게 올려주는 고객이니까 조용히 달래서 보내라
알았지?"

"…제… 가요?"

직원은 지배인이 자신을 콕~! 찍어서 말하자 노골적으
로 싫다는 듯 말했다.

"오늘로 그만 떠나고 싶니?"

나직하면서도 감정이 전혀 섞이지 않은 지배인의 한마디
에,

"아닙니다……. 제가 잘 달래서 보내겠습니다."

순순히 대답할 수밖에 없었다.

탁탁탁~

지배인은 그런 직원의 어깨를 가볍게 두드리면서 마치

다 안다는 듯한 눈빛으로 쳐다보며 말했다.

"사회생활은 더럽고 치사해도 무조건 해야 하는 경우가 대부분이야, 알았지?"

마치 동생을 달래는 듯한 지배인의 말에 직원도 다시 고개를 끄덕이긴 했다.

사실 그 태봉기업 도련님이라면 이미 나름 알 만한 사람들은 다 아는 난봉꾼에 개망나니인 것을 잘 알고 있었다.

이미 레스토랑에 근무하던 여직원도 여러 명 귀찮게 하는 바람에 그만둔 직원이 제법 있었으니 당연히 싫을 수밖에 없었다.

치익~

그리고 무전기에 수신음이 울리더니,

―태봉기업의 도련님이 깨어났는데… 크악!! 그 새끼 잡아와!! 그 새끼 잡아와!!

직원의 무전기를 빼앗았는지 무전기에 대고 아주 난리를 치는 것을 보면 지금 들어가면 최소 전치 2주는 나올지도 모른다는 생각이 든 직원이 고개를 들었다.

하나, 이미 지배인은 조용히 다시 레스토랑 안으로 들어가 버렸고, 무전기를 쥔 직원은 힘없는 발걸음을 돌려야 했다.

미친놈이 날뛰는 자신들의 휴게실로 말이다.

　한편, 레스토랑을 벗어나 다시 주차장으로 돌아온 진운의 눈에는 지배인이 발 빠르게 대처해서인지 도착했을 때는 조금 전에 대머리와 싸울 때 있었던 직원은 없고 다른 직원이 진운을 맞이했다.

　진운은 자신에게 극진하게 인사하는 것을 보면 아무래도 지배인의 입김이 닿은 것은 분명해 보였지만 일부러 모른 척했다.

　직원의 안내로 아주 편안하게 멕라렌에 오른 뒤 막상 나오긴 했는데 딱히 먹고 싶은 것이 없기에 레이나를 보면서,

　"뭐, 먹고 싶은 거 없어?"

　라고 묻는 진운이었다.

　사실 뒤에 있는 리엘을 무시하는 것이 아니라 어차피 물어봐야 대답하지 않을 것이 뻔하기에 레이나에게 물어본 것이다.

　이상하게 리엘은 무언가 진운이 하고 싶은 것이나 필요한 것을 물어보았을 때 지금까지 단 한 번도 제대로 대답한 적이 없었다.

　무언가 자신이 필요한 것을 말한다는 것 자체를 어려워한다고 해야 할까.

　아니면 그런 것을 생각하는 것을 어렵게 느끼고 있는 것인지 모르지만, 오히려 진운이 무언가 질문하는 것이 리엘

에게 스트레스가 된다는 아이린의 말을 듣고서 그냥 놔두고 천천히 스스로 준비가 될 때까지 기다리기로 한 것이다.

─떡볶이?

"그거면 돼?"

너무나 소박한 레이나의 말에 진운이 조금 의외라는 듯 물어보자

─이상하게 대륙에서 산을 타고 돌아다니다가 문득 떡볶이가 먹고 싶다는 생각이 들더라고. 그래서 마침 생각난 김에 먹으러 가고 싶어.

"그래, 먹고 싶다는데 가자. 그런데 리엘이 매운 거 먹을 수 있을까?"

떡볶이 하면 가장 먼저 생각나는 것이 바로 매운맛이었다.

외국인들이 한국의 매운맛 하면 가장 먼저 떠올리는 게 떡볶이라는 말이 나올 만큼 가장 보편화되어 있고 그만큼 쉽게 찾을 수 있는 음식이니 말이다.

─리엘도 이곳에서 지내려면 뭐, 약간의 매운맛은 경험하는 게 좋잖아.

"뭐, 그렇긴 한데."

필요한 것은 엄격하게 무조건 경험하게 하는 레이나의 성격을 알고 있는 진운은 그렇게 말했다.

　그리고 그런 진운을 리엘이 뒤에서 자꾸 나오는 떡볶이
라는 단어가 정확하게 무엇을 의미하는지 모르는 듯 동그
란 눈으로 쳐다보기만 하고 있을 뿐이었다.

　ㅡ죽진 않아.

　아직 떡볶이 먹고 매워서 죽은 사람은 없었다.

　하지만 죽을 만큼 괴롭다고 한 사람은 많은 편이었다.

　"그럼 가까운 전주로 갈까? 그곳이 아무래도 음식으로
유명하니 말야."

　마침 자신들이 있는 곳에서 가깝고 음식으로 유명한 전
주였기에 행선지를 그렇게 정하고 시동을 켜려 했다.

　그때였다.

　쾅!!

　주차장의 문이 거칠게 열리면서 조금 전 진운에게 잔뜩
겁먹었던 태봉그룹의 망나니가 눈이 뒤집혀서는 똑바로 진
운을 노려보고 있었다.

　아무래도 직원들이 달래는 작전이 완전히 실패한 것이
다.

　그런데 직원들은 이미 진운이 떠났을 것으로 생각하고
최대한 붙잡고 있다가 내보냈는데 안타깝게도 진운이 출발
하려는 순간 망나니와 딱 마주쳐 버렸다.

　ㅡ내가 처리할까?

딱 봐도 이미 뚜껑이 제대로 열려서 제정신이 아닌 녀석이기에 레이나가 자신이 나가서 처리하려는 듯 물어봤지만,

"이곳에서 여자가 너무 폭력적이면 이미지에 안 좋아. 내가 처리할게. 마무리도 내가 해야지."

한마디 하고는 진운이 멕라렌에서 내리자 진운을 알아본 듯,

"너!! 이 새끼!!"

아주 제대로 미쳐 버린 듯했다.

사실 살기에 의해 제압당하면 대부분은 그 공포를 잊지 못해서 다시는 덤벼들 생각을 하지 않는 것이 보통이었다.

하지만 아주 간혹 가다, 공포가 너무 극에 달하면 극도로 폭력적인 모습으로 나타나는 경우가 있긴 했는데, 하필이면 이 망나니가 그런 케이스였던 것이다.

다다다다다다다!!

미친 듯이 진운을 보자 무작정 달려드는 녀석을 가만히 지켜만 보던 진운은,

"쯧쯧… 쯧."

가볍게 혀를 차고는 정확하게 거의 다가와 달려들려고 주먹을 뻗는 순간, 정확한 타이밍에 크로스 카운터를 넣듯 한 발짝 앞으로 몸을 움직였다.

그리고,

퍼억!!

짧고 간결하게 배에 주먹 한 방을 먹여 버렸다.

"쿠에에엑!!"

때마침 숨을 내쉬었다 다시 들이마시는 타이밍이었다.

아주 짧은 그 순간이 딱 맞아떨어지면서 마치 폐가 정지한 것처럼 숨을 쉴 수 없었는지 돼지 멱따는 소리와 함께 바닥을 녀석은 뒹굴거렸다.

배가 아픈 것보다 갑작스런 복부의 충격에 숨을 쉴 수가 없게 된 것이 더 괴로운 듯 배와 목을 쥐고 발버둥거리기 시작했다.

그리고 진운은 그 모습을 가만히 지켜보기만 했다.

더듬더듬…….

결국 복부의 충격과 함께 숨을 쉬지 못한다는 공포 때문에 제정신이 든 건지 진운을 향해 눈물 콧물을 흘리면서 손을 뻗어 애타게 갈구하는 녀석이었지만 그저 무심한 표정으로 가만히 있을 뿐이었다.

1분…….

벌써 1분이 지났는데도 숨이 쉬어지지 않고 있는 것이다.

아무리 큰 충격이라도 웬만해서는 30초 내로 복부가 회복되면서 자연스럽게 숨이 돌아오는 것이 보통이었다.

하지만 지금 바닥에 뒹구는 망나니 녀석은 진운이 일부러 짧게 주먹을 찌르는 순간 자신의 마나를 집어넣어 강제로 정지시킨 상태였기에 1분이 넘었지만 여전히 숨을 쉬지 못하고 있는 것이다.

"자… 잘못… 했… 어… 요……."

정말 죽을지도 모른다는 생각이 들었는지 아니면 죽기 직전에 초인적인 힘이 나왔는지 바람 새듯 느리지만 진운을 향해 사과의 말을 했다.

그 말을 듣고서야 꼼짝도 하지 않던 진운이 걸음을 옮겼다.

덥썩~

기어 다니면서 몸부림치다가 이제 그럴 힘도 없는지 축 늘어진 녀석을 한 손으로 들어 올리더니,

팡!

마치 그냥 가볍게 등을 치는 듯 한번 때리자,

"꺼어어어억!!"

놀랍게도 다시 숨이 돌아온 것이다.

그동안 막혀 있던 것이 뚫리자 입이 찢어질 만큼 크게 벌리고 공기를 빨아들인 녀석은 몇 번을 그렇게 숨을 쉬다가,

"콜록콜록콜록……!!"

너무 갑자기 많은 양의 공기를 들이마신 것 때문에 사래가 들렸는지 심하게 기침하기 시작했다.

하지만 살았다는 안도감 때문인지 눈물 콧물이 흐르는 얼굴에 미소가 가득했다.

그런데 그런 미소가 일순간 얼어붙어 버렸으니.

"내가 두 번 다시 보면 죽인다고 했지?"

진운의 얼굴이 보이자 웃는 표정 그대로 굳어버린 녀석이었다.

"…살려주세요……."

자신이 낼 수 있는 최대한의 힘을 담아서 한 말이었다.

진운도 사실 이 녀석을 죽이면 골치 아파지기에 딱히 죽일 생각은 당장은 없었다.

당장은 말이다.

뭐, 나중에 다시 또 이런 식으로 마주친다면… 어쩌면 죽여 버릴지도 모르지만 말이다.

녀석도 그런 진운의 생각을 눈치챘는지 아니면 극한의 상황에서 살고자 하는 본능 때문인지 이번에는 정말 진심을 담아서

"살려… 주세요……. 제발……."

이 말만 계속 반복할 뿐이었다.

"마지막이다."

이 말만 남기고 차로 돌아가는 진운이었고, 그런 진운의 뒷모습조차도 무서운지 양아치는 계속 손을 빌면서 살려달라는 말만 반복하고 있었다.

부우웅!!

묵직한 중저음의 엔진음이 들리고 진운이 차를 몰고 주차장을 빠져나가자 그제야 싹싹 빌던 손을 멈춘 녀석은,

털썩.

힘없이 그 자리에서 쓰러져 버렸다.

"이봐!! 사람 불러! 아니, 구급차 불러!!"

진운과 태봉그룹 망나니의 대결(?)을 숨어서 지켜보던 직원은 녀석이 기절한 듯 쓰러져 버리자 황급히 튀어나와 무전을 쳤다.

몇 분 뒤, 가까운 엠뷸런스가 와서는 녀석을 실어 가버렸다.

그리고 그렇게 엠뷸런스가 떠나고 나자 한숨 돌린 직원의 무전기에서 수신음이 들렸는데,

치익!

"네, 말씀하십시오."

[방금 태봉그룹의 도련님과 있었던 모든 자료를 삭제하도록.]

"협……!!"

묵직한 중저음의 목소리에 직원은 놀란 듯 부동의 차렷 자세로 듣더니,

"알겠습니다."

일체 의문도 가지지 않고 자신의 사무실로 들어가더니 진운이 들어왔던 시각과 호텔을 완전히 빠져나가는 시각 사이의 모든 영상을 지워 버렸다.

같은 시각 레스토랑에도 같은 명령이 내렸는지 지배인이 직접 영상을 지워 버리고 있었다.

"젠장……. 오늘 무슨 마(魔)가 꼈나… 회장님 비서실에서 직통으로 전화가 오다니……. 젠장."

사실 지배인은 이곳의 지배인으로 그냥 늙을 생각이 전혀 없었고, 지금까지 능력을 인정받아서 승승장구하고 있었다.

하나, 오늘 진운과 일이 꼬이면서 알게 모르게 찍혀 버린 것이다.

거기다 어떻게 대동그룹 회장 비서실에서 알았는지 먼저 지배인이 연락하기도 전에 그쪽에서 먼저 영상을 지워 버리라는 연락이 온 것.

그제야 뒤늦게 아차한 지배인이었다.

"이런 것은 내가 알아서 보고했어야 했는데 젠장……."

간발의 차이라고나 할까?

　한순간에 판단 실수로 잘 보일 수 있는 기회를 걷어 차버
린 지배인은, 세상살이가 본래 한순간에 선택이 자신의 운
명을 좌우하는 것을 뼈저리게 느끼는 중이었다.

Chapter
07 삼각김밥

"계세요?"

진운 일행이 전주에 도착한 것은 10시가 조금 넘어가는 어중간한 시간이었다.

의외로 길이 막히는 바람에 조금 늦은 시간에 도착한 것인데, 우선 가까운 분식점에라도 들어가려 했지만, 눈에 띄는 가게마다 모두 문을 닫아 버린 상태였던 것이다.

"밥 한 번 먹기 참 힘드네……."

이상하게 일이 꼬이고 꼬이다 보니 밥 한 끼 먹는 것이 오늘처럼 힘들게만 느껴지기는 처음이었다.

그래도 맛의 고장이라는 전주까지 일부러 기름까지 넣어가면서 왔는데 그냥은 돌아갈 수 없다는 생각이 머리로 떠올랐다.

그래서 길을 가다가 우연히 시선을 돌린 곳에 고즈넉하니 현대식 건물에 어울리지 않는 세월의 흔적이 고스란히 남아 있는 성당 하나가 보였다.

그리고 우선 그곳으로 차를 몰아세운 진운이었다.

"여기가 그 유명한 전동성당인가?"

붉은 벽돌로 지어진 외관이 가장 먼저 눈에 뜨였기에 진운도 자연스럽게 차를 세우긴 했지만 성당의 외관을 너무 멋져서 멈춘 것만은 아니었다.

"그럼 이 길이 한옥마을이니 최소한 식당은 많겠지."

전동성당이 한옥마을 안에 있다는 것을 들은 적이 있어서 보자마자 세운 것이었다.

하지만 지지리 복이 없는 건지, 늦은 시간에 온 진운의 잘못인지 문 연 가게를 찾을 수가 없자 결국,

"전주 삼각 김밥과 편의점 떡볶이야."

어디서나 쉽게 볼 수 있는 근처의 SU편의점으로 들어와버릴 수밖에 없었다.

사실 조금 더 찾아볼 수도 있었지만,

꼬르륵~ 꼬르르륵…….

리엘의 배에서 끊임없이 울려대는 소리에 진운이 그냥 포기해 버린 것이다.

―후후후훗……. 지구로 돌아와서 첫 식사가… 편의점 삼각김밥이라니……. 좀… 웃기네.

"미안……."

입이 열 개라도 할 말이 없는 진운이 사과했지만 레이나는 웃으면서,

―사과는 우선 받아줄게, 하지만 알지? 나야 상관없지만 리엘은 어제부터 아무것도 먹지 않았다는 것을 말야.

"아, 그렇구나."

지구로 와서 우선 소지훈의 가족을 맡기는 것에 정신을 집중하다보니 미처 생각지도 못했던 것이다.

그대로 별장으로 와서 시간이 늦어서 잠들어 버렸고, 그리고 깨어나서도 백호연이 갑자기 찾아오는 바람에 밥 먹을 타이밍을 놓쳐 버린 것이다.

거기다 레스토랑에서도 미친 양아치 하나 때문에 또 밥 먹을 시간을 놓쳐 버렸으니 실제로 리엘은 꼬박 24시간을 굶은 것이나 마찬가지였다.

―…이거 봐…….

레이나가 슬쩍 진운에게 눈짓으로 가리키는 곳을 보고는 진운은 정말 미안한 마음을 감출수가 없었다.

“……..”

말없이 자신의 앞에 놓인 삼각김밥을 뚫어지게 보면서 연신 침을 삼키고 있는 리엘을 보고 있으면 말이다.

“리엘.”

“……..”

“리엘?”

“…네? 네, 진운님.”

지금까지 진운이 한 번 불러서 대답하지 않은 적이 없었던 리엘이었다.

하나 지금만큼은 삼각 김밥의 유혹을 쉽게 뿌리칠 수 없었는지 진운이 부르자 대답하면서 고개를 들었지만, 곁눈질로 삼각김밥을 계속 보고 있는 것이다.

전자레인지에서 따뜻하게 데워서인지 고소한 밥 냄새가 거의 24시간을 굶은 리엘의 코를 사로잡고 있는 중이었다.

“왜 먹지 않고 있어?”

“그게… 먹으라고 하지 않으셔서…….”

진운이 먹으라는 말을 하지 않았다는 이유로 미친 듯이 먹고 싶은 욕구를 침을 삼켜가면서 참고 있었던 리엘의 모습에 미안하면서도 한편으로는 어떻게든지 저 노예근성을 꼭 뿌리 뽑아버리겠다고 다시 다짐하는 진운이었다.

“먹어, 하루 종일 못 먹었잖아.”

“네!”

진운의 허락이 떨어지자 삼각김밥을 양손으로,

덥썩!

움켜쥐더니 그대로 입으로 집어 넣었다.

부시럭!

“……???”

분명히 맛있는 냄새가 나는데 아무리 씹어도 씹히지가 않자 리엘의 눈에서 금방 눈물이 흐를 것처럼 글썽거리기 시작했다.

그 모습을 본 레이나가 진운을 새초롬하게 한번 째려보더니,

―진운! 장난이 심했어.

가볍게 한소리 하고는 리엘이 씹던 삼각김밥을 받아서 포장지를 벗겼다.

하지만 이미 리엘이 마주잡이로 씹은 덕분인지 김은 모두 부서지고 안에 내용물은 엉망이 되어버린 것이다.

“일부러 그런 거 아니야.”

진운은 정말 억울하다는 듯 삼각김밥의 포장지를 벗기고 먹어야 한다는 것을 말해주지 못한 것뿐이라 항소했다.

하지만 이미 그런 말이 먹혀들기에는 늦어버렸다.

결국 반쯤 울던 리엘에게 삼각김밥 세 개를 더 사주고 혹

시라도 체할까 봐 콜라까지 사서 먹이고 나서야 레이나의 눈빛에서 조금은 자유로워진 진운이었다.

"…맛있어요……. 정말……."

—그렇지?

삼각김밥이 확실히 리엘 같은 젊은 애들 취향에 맞을 수밖에 없는 음식이었다.

고개를 끄덕이던 레이나는 리엘이 삼각김밥이 아닌 빈 콜라병을 손으로 들고 어떻게든지 한 방울이라도 더 먹으려고 혀를 낼름거리는 모습에,

—진운…….

"크크큭, 알았어. 한 병 더 사줄게."

탄산음료가 본래 톡 쏘는 그 맛과 함께 달콤한 뒷맛이 확실히 매력적이긴 했을 것이다.

특히나 리엘은 태어나 처음으로 탄산음료를 먹어봤으니 오죽하겠는가?

아미 지금 그녀의 머릿속에는 오로지 콜라뿐인 게 분명했다.

그렇게 산 콜라를 손에 쥐고, 다른 손에는 후식으로 산 아이스크림을 쥔 채 마치 세상을 다 가진 듯 행복해 하는 리엘과 함께 잠시 쉬려고 나온 곳은 처음 차를 세운 전동성당이었다.

─고즈넉하네, 분위기가.

이미 11시가 넘어버린 시간이라 지나가는 차는 많았다.

하지만 사람은 거의 사라져서 전동성당 벤치에는 세 사람만이 앉아 있었다.

처음으로 레이나가 좋아하는 표정을 짓자 진운은 나름 밥은 실패했지만, 다른 데에서 그녀의 기분을 풀어주는 데 성공했다 생각하기로 했다.

─진운.

"응?"

─내일 바로 필리핀으로 갈까?

"내일?"

진운은 그동안 천천히 생각하고 움직이는 것을 강조했던 레이나가 먼저 필리핀으로 가자는 말이 나오자 의외였다.

사실 진운도 당장 가고 싶긴 했다.

하지만 백호연이 아직 넘겨줄 자료가 있으니 그것까지 받고 나서 움직이는 것이 어떠냐고 했기에 억지로 기다리고 있는 중이었으니 말이다.

─응, 아이린과 본 경은 백호연 씨를 따라 중국으로 갔으니 더 이상 기다릴 이유가 없지 않아?

사실 딱히 기다릴 이유가 없긴 했다.

리엘이야 뭐 데리고 다니는데 크게 문제가 될 정도는 아니었으니 말이다.

처음에는 리엘과 아이린 그리고 본을 함께 별장에 두고 갈 생각이었다.

단지, 그게 불가능하니 데리고 가는 수밖에 없었다.

진운의 능력과 레이나의 능력이면 사실 리엘이 있고 없고 차이가 그리 크진 않았기에 혼자 두고 갈 수 없는 노릇이었다.

만약에 혼자 두면 오늘처럼 굶는 경우가 있을 테고, 그러다 정말 굶어 죽을지도 모른다는 생각이 문득 들었기에 더더욱 데리고 가기로 생각을 굳힌 것이다.

푸아아악!!

"……?!!"

—……!!

진운과 레이나는 생각에 잠겨 있는데 갑자기 옆에서 들리는 엄청난 소리에 고개를 돌려보았다.

거기엔 리엘이 입에 반쯤 녹은 아이스크림을 흘리고 있고, 바로 앞에는 거의 3미터 이상 뿜어져 나간 콜라의 잔해가 선명하게 보였다.

"뭐, 뭐야?"

무슨 일이 있었는지 보지 못한 진운이 물어보았다.

그러자,

“히끅······.”

―진운 그렇게 다그치면 애가 놀라잖아.

진운의 놀란 목소리에 리엘이 놀랐는지 눈물을 글썽거리면서 딸꾹질하기 시작했다.

―괜찮아, 말해봐.

레이나가 달래자 겨우 입을 연 리엘의 말을 들은 진운은 터져 나오는 웃음을 참으려고 손으로 입을 막아버렸다.

아이스크림과 콜라를 번갈아 먹던 리엘은 그냥 둘 다 너무 맛있어서 한꺼번에 입에 넣어버렸다.

그렇게 아이스크림과 콜라가 한꺼번에 입속에 들어가는 순간, 차가운 아이스크림을 만난 탄산가스가 급격히 팽창하더니 마치 물대포를 쏘듯 리엘의 입에서 뿜어져 나가 버린 것이다.

공기의 팽창은 인간이 막을 수 있는 힘이 아니니 당연히 리엘의 입가는 반쯤 녹은 아이스크림 범벅에, 오늘 산 옷도 콜라와 아이스크림으로 엉망이 되어버렸다.

“죄송해요······. 사주신 옷··· 더럽혀 버렸어요······.”

리엘은 자신이 놀란 것보다 입고 있던 옷이 더러워 진 것에 더욱 놀랐는지 바닥에 무릎을 꿇고 엎드리기 시작했다.

그 모습을 본 레이나가 진운을 보면서 손가락으로 입을

살짝 막더니,

─부드럽게… 알지? 리엘은 노예로 살아왔어. 그게 단기간에 바뀐다는 건 불가능해. 가능하면 천천히 부드럽게 해서 바꿔줘야 해.

혹사라도 진운이 방금 전처럼 목소리 높일까 봐, 레이나가 주의를 주자 진운은 고개를 끄덕였다.

그러곤 손을 뻗어 리엘의 머리를 쓰다듬으면서,

"옷은 얼마든지 더러워져도 상관없어. 내가 말했지? 너도 이제 동료라고 말이야."

"…그렇지만…… 전……."

살고 싶다고 진운에게 당당하게 말했던 리엘이었지만 사실 그때 잠깐 미친 척하고 강하게 나갔을 뿐, 본래 리엘은 한없이 여리고 겁이 많은 애였다.

진운도 나중에 그 사실을 알고 참… 자신과 둘이 다니면서 어지간히 강한 척하는 모습이 자연스럽지 못하니 편하게 대하라고 했었다.

그나마 지금 본래 여린 리엘의 성격이 돌아오긴 했지만, 뭔가 잘못하면 머리보다 몸이 먼저 반응하는 노예생활 습관은 쉽게 고쳐지지가 않았다.

오죽하면 어디 수련원이나 그런 곳에 보내서 스파르타식으로 세뇌교육을 해볼까 하는 생각까지 할 지경이었다.

물론, 레이나가 결사적으로 반대를 해서 포기해 버렸지
만 말이다.

─클린(Clean), 샤워(Shower)~

더럽혀진 옷은 리엘이 걱정하는 것과 달리 단 두 번의 마
법으로 옷은 물론, 리엘의 몸까지 완전히 깨끗하게 만드는
것으로 우선 일단락되긴 했다.

그때였다.

지이이잉~ 지이이이잉~

"응?"

마치 휴대폰 진동이 울리는 것처럼 왼쪽 손목에서 진동
이 느껴지기에 시선을 돌렸다.

놀랍게도 시리가 준 시계가 진동을 울리고 있는 것이
다.

"진동기능까지… 있었나."

진동기능은 설명서에 전혀 없었기에 생각지도 못했었기
에, 시계 때문에 오늘 참 자주 놀란다고 생각하는 중이었
다.

"보자, 옆에 틀을 잡고 돌리면 통화가 가능하다고 했었
지?"

침착하게 시계의 틀을 잡고 살짝 비틀자,

쏴아아아악!!

갑자기 시계에서 또다시 마나의 향기가 퍼져 나오더니
마치 반딧불 마냥 자그마한 푸른 빛이 튀어나오는 게 아닌
가.

—…이미지 구현 마법이야!

레이나는 시계에서 튀어나온 작은 빛을 보자마자 알아차
린 듯 소리치는 것과 동시에 작은 반딧불만 한 빛이 순식간
에 축구공만큼 커졌다.

곧 변형이 일어나더니 왠지 익숙한 사람의 얼굴로 변해
버렸다.

마치 홀로그램으로 만든 듯 입체적으로 사람 얼굴이 허
공에 떠올라 버린 것이다.

[제 말 들리세요?]

"아이린 목소리군."

목소리가 아니라 이미 빛으로 만들어진 얼굴 모양만 봐
도 누군지 단번에 알 수 있었다.

[진운~ 제 말 들리죠?]

"응 아주 잘 들려……. 그런데 너도 시계 받은 거야?"

사실 자신들이 세 개나 받은 시계였다

다른 시계가 없으란 법은 없으니 당연히 아이린도 시계
를 받았다고 생각한 것이다.

[네, 조금 전에 백호연 씨가 주었어요. 본 경은 아시다시

피 이걸 사용하는 방법 자체가 너무 서툴러서 제가 받은 거예요.]

"그래, 잘 지내는 것 같아 다행이네."

사실 백호연이 적극적으로 꿘 것도 있지만 본 스스로도 지금 자신의 능력과 힘으로는 진운은 물론, 아이린에게도 그저 짐덩어리에 지나지 않다는 것을 알고 있었기에 백호연을 따라간 것이다.

이미 대륙에서 도피생활을 하면서 자신의 무능력함을 뼛속까지 맛본 적이 있는 본은 어떻게 해야 할지 스스로도 갈피를 잡지 못하고 있었던 와중이었다.

그러니 백호연이 다가오자 마음이 흔들릴 수밖에 없었다.

사실 진운도 백호연이 아니라면 자신이 나서서라도 최대한 빠르게 본이 제몫을 하게 만들어서 같이 다닐 생각이었다.

결과적으로 본에게도 좋은 거고, 지운에게도 괜찮은 결론이 나긴 했다.

[앞으로 이걸로 제가 서포터해 드릴 거예요.]

"서포터?"

[대동그룹에 있는 시리라는 분에게서 연락이 왔는데 저는 현장 체질이 아니니 이곳에서 정보 전달과 뒤에서 서포

터를 하는 게 오히려 진운에게 큰 도움이 된다고 하다군요.
뭐, 저도 어느 정도 공감하기도 하구요.]

"…뭐, 틀린 말은 아니네."

진운에게 아이린이 필요한 것은 무엇보다 레이나와 다른
사고방식을 가진 그녀의 두뇌였으니 딱히 틀린 말은 아니
었다.

[냉정하네요……. 본인 앞에 대놓고 인정하면 저 상처받
아요.]

살짝 삐친 듯 아이린의 핀잔이 진운에게 들렸지만 씨익
웃자 아이린도 말없이 따라 웃었다.

이미 아이린과 진운의 유대관계가 이 정도로 서로 감정
이 상할 정도는 아니었으니 말이다.

[우선 백호연 씨가 본 경을 지도하기도 하지만 중국 국가
에서 부탁을 받아서 부득의하게 진운과 같이 필리핀으로
가지 못하게 되었어요.]

"그래? 그럼 내가 부탁했던 자료는?"

사실 백호연이 같이 가든, 가지 않든 진운에게 그리 중요
한 게 아니었다.

중요한 것은 백호연이 현지에서만 구할 수 있는 자료가
준비되느냐가 중요할 뿐이었다.

[그건 다른 분이 진운이 필리핀에 가면 같이 동행하면서

알려줄 거라고 했어요.]

"다른 사람?"

진운은 순간 백호연이 다른 사람이라고 한 말에 알렉산드로가 생각났지만 그는 소환마법진 사건이 일단락되면서 러시아로 급하게 돌아갔으니 다시 오기에는 조금 무리가 있어 보였다.

"누군지 몰라?"

[음……. 백호연 씨 말로는 자신이 아는 한 가장 믿을 만하고 도움이 될 만한 사람이라고만 했어요.]

"그럼 그 사람과 접선 방법은?"

얼굴도 모르는 사람과 만나야 할 판이니 접선 방법이나 무슨 신호라도 있어야 했기에 물어보자

[그분도 진운이 가진 시계를 가지고 있으니 필리핀에 도착하면 신호를 따라 가라고만 했어요.]

"…결국 내가 알아서 찾으라 이 말이군."

[후후훗, 뭐, 그런 셈이죠. 그보다 진운.]

"응?"

[이곳에서 제가 알아본 정보가 약간 있는데요.]

"정보?"

[야마시타 골드가 최근 며칠 전에 하나 더 발견됐나 봐요.]

“……!!”

진운이 놀란 눈을 하자,

[확실한 건 아닌데 미국 쪽에서 CIA의 많은 인력과 괌 기지에서 대규모로 병력이 움직인 것이 발견됐어요. 밀림에 가까운 곳에 군사적인 훈련도 아닌 상황에 대규모 병력이 움직였다면 아무래도 야마시타 골드뿐이라고 전 생각해요.]

미국은 아직까지도 숨겨져 있는 필리핀의 야마시타 골드는 찾기 위해 꾸준히 탐사를 계속하고 있었다고 들었으니 충분히 가능한 정보였다.

[그리고 더 중요한 것이 있어요.]

“뭐지?”

[진운, 혹시… 테칸이라는 이름 알아요?]

“테칸!!”

격하게 진운이 반응했다.

[그가 움직였어요. 방금 전 제가 말한 야마시타 골드가 발견되었다고 생각되는 지점을 향해서요.]

“그녀석이 움직였다면…….”

[아마 일루미나티가 이번 금괴에 제법 깊이 관여가 되어 있다고 생각할 수밖에 없어요. 백호연 씨 말로는 테칸이 흔적을 드러내는 경우가 거의 없기 때문에, 이번 기회를 놓치

면 또 몇 달을, 아니, 어쩌면 몇 년을 더 기다려야 할지도 모른다고 해요.]

"고마워, 바로 출발한다."

진운이 테칸이 움직였다면 더 이상 이곳에서 지체하고 있을 시간이 없다는 생각에 자리에서 일어섰다.

[역시나 그럴 줄 알았어요, 인천공항에 전용기를 준비해 놓았다니 최대한 빠르게 인천공항으로 가세요.]

"대동그룹이 해준 거겠지?"

진운이 의미심장한 듯 한마디 하자 아이린은 고개를 끄덕이면서,

[정확하게는 대동그룹이 아니라 시리라는 분이 준비해 준 거예요……. 도대체 그 사람… 힘이 어디까지예요? 대동그룹을 알아보니… 숨겨진 힘이 더 엄청난 기업이던데… 그런 기업을 개인이 쥐고 흔들 수 있다니……. 비서라고 들었는데…….]

"나도 잘은 몰라. 다만 대동그룹의 현재 회장은 실질적인 회장이 아니라는 것만 나도 느끼고 있을 뿐이야."

[같은 아군인데… 정보를 캐고 들어가면 실례겠죠?]

"굳이 그럴 필요 없어. 숨기지 않을 테니 말야."

[알았어요, 그럼 다른 정보가 있으면 또 연락할게요.]

"응, 수고해줘."

스팟!

아이린이 연락을 끊자 순식간에 빛이 사라져 버렸다.

―진운… 테칸이라는 그자…….

레이나가 진운에게 이야기로만 들었던 테칸의 이름이 아이린의 입에서 나오자 물어보았다.

"어차피… 부딪쳐야 할 녀석이야. 그리고 녀석을 잡아야 다른 마신의 행방도 알 수 있을 테고."

―…….

홀로 지구에 왔을 때, 싸웠다가 졌다는 말을 들은 적이 있었다.

레이나가 아는 진운의 입에서 패배했다는 말이 나왔을 정도면 테칸이 강하다는 결론이지만, 이상하게 이번에는 진운의 표정이나 그런 것이 전혀 긴장되거나 그런 모습이 없어 보이는 것이다.

보이지 않게, 천천히 느리긴 하지면 진운도 확실하게 성장하고 있다는 것을 옆에서 느낄 수 있었으니 말이다.

특히나 백호연과 잠깐 했던 대련으로 인해 무언가 자신에게 부족한 것이 어떤 점인지 깨달은 듯한 표정의 진운을 본 뒤로 레이나는 걱정보다 안심이 더 되었다.

"가자."

―응.

“네.”

밤 12시를 넘어가는 시간 묵직한 엔진음을 울린 멕라렌 P1은 빠르게 도시를 벗어나 인천공항을 향해 달렸다.

Chapter 08
필리핀으로

"이게… 하늘을 날아요……?"

리엘은 자동차는 그나마 재미있어 하는 듯했지만, 시리가 준비해 준 전용기를 보고는 저게 하늘을 날아간다는 말에 오히려 겁을 먹는 듯했다.

"여긴 대륙이 아니니까."

마나의 능력으로 사람이 날아다니는 것이 오히려 당연하게 생각되는 리엘이었으니 그러려니 할 뿐이었다.

사실 비행기가 하늘을 나는 원리인 공기역학 구조를 설명한다고 해서 리엘이 알아들을 리도 없었다.

그렇다고 입 아프게 그러기도 싫은 진운은 타고 하늘을 날으면 자연스럽게 피부로 느끼게 될 것이라 생각했다.

그래서 멈칫거리면서 은근히 거부하는 리엘을 억지로 끌다시피 해서 비행기에 태워 버렸다.

레이나야 뭐 나름 이해를 했는지 말없이 전용기를 살펴보더니 스스로 올라탔지만 말이다.

그리고 모두 탑승하자 전용기는 바로 활주로를 달려 이륙하는데,

“…진운님…… 속이 울렁거려요…….”

비행기 이륙할 때 느껴지는 감각이 너무나 생소해서인지 리엘은 얼굴이 하얗게 변하더니 결국 양손으로 입을 막아 버렸다.

“멀미구나…….”

비행기를 처음 타거나 민감하게 반응하는 경우 멀미를 하는 사람이 제법 있었다.

그렇기에 진운은 자연스럽게 준비되어 있는 봉투를 리엘에게 내밀었다.

그러자 리엘은 거의 낚아채다시피 집어 들더니,

후다다닥~!!

자리에서 일어나 거의 본능적으로 화장실을 향해 달려가 버렸다.

“이륙 중에 뛰면… 위험한데…….”

전용기였고 화장실까지 거리가 가까웠기에 딱히 말리진 않았지만, 방금 리엘의 행동은 일반 여객기라면 무조건 금지되는 행동이긴 했다.

비행기 이착륙 중에 움직이는 건 사고를 불러올 수 있으니 말이다.

우엑!!

그리고 조금 있으니 민감한 진운의 귀에 화장실 문 너머에서 리엘이 고통스럽게 멀미와 싸우는 소리가 들리기 시작했다.

그리고 안전 궤도에 올라서기 전까지 멈추지 않았다는 사실이 안타까울 뿐이었다.

멀미는 마법으로 어떻게 해줄 수 있는 것도 아니고, 옆에서 누가 도와줄 수 있는 것도 아니었으니 말이다.

“그런데… 비행기 멀미를 저렇게 심하게 하는 걸 보면… 배 멀미도 하겠지?”

문득 멀미하면 대표적인 배가 생각나서 한마디 하자 레이나는 잠시 생각하더니,

—대륙에서는 마차만 타도 머리가 아파서 내리는 사람이 제법 많아. 아마… 지금만큼 할걸?

“역시나.”

비행기 멀미는 그나마 안정궤도에 오르면 진정되는 편이
지만 배 멀미는 땅을 밟는 순간까지 지속되니 오히려 더욱
지옥일 것이다.

"배는 타면 안 되겠군."

―아마도… 그럴 거야.

＊　　＊　　＊

비행기에서 내리자마자 가장 처음 일행을 맞이한 것은
필리핀 특유의 습하면서도 타는 듯한 햇빛이었다.

"따가워요."

리엘은 처음 느껴보는 햇빛의 느낌에 울상이었지만 충분
히 그럴 만했다.

온도계가 37도를 찍고 있었으니 말이다.

거기다 적도에 가깝다 보니 피부로 느껴지는 자외선의
강도가 더 강한 편이었다.

그렇다 보니 마치 바늘로 피부를 찌르는 듯한 감각을 느
끼고 있는 리엘의 피부는 순식간에 붉게 달아올라 버렸다.

―아이싱 핸드(Icing Hand).

보다 못한 레이나가 자신의 손을 차갑게 하는 마법을 걸
어 리엘의 피부를 쓰다듬어 주자,

“아, 시원해요.”

그제야 살 만한지 얼굴 표정부터 편안하게 변하는 리엘이었다.

레이나와 진운은 이미 마나의 축복을 받았으니 이런 따가운 햇살과 습도는 어차피 상관없었지만 리엘은 너무나 평범한 여자애였다.

하지만 그런 평범한 여자애라도 마법사가 곁에 있다면 완전히 달라질 수는 있었다.

—선 블라인드(Sun Blind).

리엘의 머리 위로 손바닥을 살짝 올리고 주문을 외우자 사람들이 눈치채지 못할 만큼 빠르게 리엘의 몸에 마법이 스며들면서 사라져 버렸다.

—이제 따갑지 않지?

“네, 대단해요.”

사실 노예로 살아온 리엘이 마법을 직접 몸으로 체험할 기회가 얼마나 되겠는가?

레이나가 마법사라고 듣기는 했지만 같이 지내는 동안 딱히 마법을 사용할 기회가 없었다.

그렇다 보니, 리엘은 지금 선크림을 바른 효과를 내는 마법을 직접 겪고서야 신기한 듯 놀라고 있었다.

클린 마법도 신기하긴 했지만, 아무래도 옷이 깨끗해지

는 것과 몸이 아프던 것이 멀쩡해지는 것은 체감적으로 차이가 있으니 말이다.

"썬… 블라인드? 조합한 거야?"

마법을 그리 깊이 알지 못하는 진운도 방금 레이나가 쓴 마법은 뭔가 좀 이상하다는 생각이 들어 물어보자,

―응, 용케 알아챘네?

"마법 주문이 보통 연결된 주문이 대부분이었잖아. 아니면 단어 하나다 주문의 완성형이던가, 그런데 아까 아이싱 핸드도 그렇고, 선 블라인드도 그렇고 합성어라서 좀 이상하다고 생각되었거든."

―나도 좀 응용을 해봤어.

"…아……."

레이나가 말한 응용이 뭔지 진운은 금방 깨달을 수 있었다.

지금 자신들 머리 위에서 맴돌고 있을 위성을 비롯하여 모든 기계적 감시를 회피케 해주는 시계를, 그리고 시리가 준 이 시계가 발휘하는 미러 이미지 마법을 재차 보고는 고개를 끄덕일 수밖에 없었다.

레이나는 사고의 폭이 좁았을 뿐이지, 마법 실력이 결코 떨어지는 것은 아니었으니, 깨달은 바를 바로 응용한 것이다.

그것도 지금까지의 마법 시전의 속도와 공격성이 대부분이었다면, 지금 사용한 마법은 폭넓은 활용성을 보여주는 것이라 할 수 있었다.

이것만 봐도 레이나에게 얼마나 충격적인 마법의 응용인지 충분히 알 만했다.

"그럼 이제 슬슬 백호연을 대신해서 정보를 줄 사람을 찾아봐야겠지."

진운은 공항을 벗어나 바깥으로 나오자 시계의 신호추적 버튼을 눌렀다.

위성을 이용해 신호를 추척하는 것이다 보니 거리가 아무리 멀어도 크게 문제될 것이 없는 편인데, 이 좋은 것도 단점이라고 해야 할까?

문제가 하나 있었다.

바로, 신호를 추적해서 잡아내기까지 시간이 제법 걸리다는 사실이다.

아무래도 위성을 통해서 추적하다 보니 신호를 주고받는 시간이 제법 걸리는 것이다.

마치 옛날 CD게임 로딩을 보는 듯 게이지가 천천히 올라가는 것을 한참이나 기다렸다.

그리고 드디어,

띠링~

작은 신호음과 함께 시간위에 작은 숫자가 표시되었다.

이 숫자는 소수점을 기준으로 작은 숫자는 미터, 큰 것은 킬로미터로 생각하면 된다고 읽은 기억이 있어 숫자를 자세히 보는데

"0.5……? 0.4… 0.3……??"

0.5의 숫자는 500미터라는 것이기에 처음에 확인했을 때는 그리 멀지 않은 곳에 있구나 하고 생각했던 진운은 순간 1초 만에 100미터가 줄어들어 자신이 잘못 봤는지 의심스러워 쳐다보았다.

그러고 있다 보니 어느새 또 100미터가 줄어들어 버린 것이다.

1초당 100미터를 움직이는 사람은 없었다.

혹시나 해서 주변에 급하게 다가오는 자동차가 있는지 둘러봤지만 손님을 태우려고 서 있는 택시가 전부였고, 공항 치고 그 흔한 자가용 한 대도 보이지 않는 것이다.

―진운 0.1이야. 100미터 부근이야.

"별수없네."

공항의 특성상 사람이 너무 많아서 감각영역을 펼쳐 봐야 생전 처음 만나는 사람의 마나의 특성을 알 리도 없었다.

해서, 시계만 믿고 있었는데 설마 이런 부작용이 있을 줄

은 몰랐던 진운이었다.

진운이 즉시 감각영역을 넓게 펼치자 바로 옆에서 엄청난 마나의 향기가 느껴졌다.

"뛰기 좋은 날이야, 젊은이~"

"……?!!"

순식간에 진운과 레이나 사이를 지나치면서 마치 동네 런닝 뛰러 나와서 인사하는 사람처럼 한마디 하고는 바람처럼 지나가 버리는 사람이 보였다.

그 사람이 지나갈수록, 그리고 멀어질수록 시계에 숫자도 점점 더 커지고 있었다.

─저 사람이야.

레이나도 자신의 시계를 보면서 말하자,

"젠장! 왜 뛰는 거야, 이 더운 곳에서."

졸지에 공항에 나오자마자 뛰게 생긴 진운은,

덥썩~

생각할 것도 없이 리엘을 곧바로 안아 들고는 뛰기 시작했고 레이나도 진운을 따라 뛰기 시작했다.

타타타타탁!!

"진짜 빠르네."

진운은 자신이 마나를 활성화해서 뛰고 있는데도 좀처럼 거리가 좁혀지지 않는 것이 놀라웠다.

숲의 종족인 레이나도 뛰는 거라면 진운보다 더 빠르면 빠르지 결코 늦지 않은데, 레이나마저도 좀처럼 그 남자를 따라잡지 못하고 있으니 말이다.

그런데 조금 뛰었을까?

이상하게 진운은 뒤통수가 살살 간지럽다는 생각에 슬쩍 고개를 돌렸을 때,

투투타타타타타타~!!

"저건 또 뭐야?"

공격용 전투 헬기로 불리는 아파치 두 대가 하늘을 날아서 정확하게 진운이 가는 방향으로 날아가고 있는 것이다.

딱 봐도 지금 자신들이 쫓는 남자를 쫓아가는 것을 한 번에 알 만큼 오로지 직진으로 날아가고 있으니 말이다.

"아……. 필리핀에 내리자마자 이건 무슨 꼴이야."

—진운, 피할까?

무슨 전쟁이 벌어지면 뉴스에서 자주 보던 공격용 전투 헬기였다.

기본적으로 사람이 손에 들고 쏘는 권총이나 기관총과는 총알 크기부터 수준이 다른 것은 둘째치고, 분당 수천 발을 발사해 대고 미사일까지 쏘아대는 것을 피하는 일은 그 수준부터가 완전 달랐다.

그런데 그런 무시무시한 것이 지금 필리핀 공항을 지나

미친 듯이 달리고 있는 진운과 레이나의 뒤를 따라오고 있는 것이다.

제아무리 레이나가 강하다고 해도 과학이 결코 만만치 않음을 알기에 우선 피할지 진운이 물어보았다.

"여기서 피하면 다시 찾기 정말 힘들지도 몰라."

─그럼 내가 디코이(Decoy)를 만들어서 다른 곳으로 유인할 테니 그사이에 진운은 최대한 따라 잡아줘.

진운이 피하지 않는다고 하자 레이나는 저런 무시무시한 철갑을 두른 것을 끌고 갈 수는 없으니 자신들과 똑같은 유인용 디코이(허상, 유인용 새를 일컫는 용어)를 만들어 아파치의 시선을 다른 곳으로 돌리려고 했다.

그런데 레이나가 마법을 쓰려는 순간,

"젊은이!! 숙여!"

"……??"

진운은 갑자기 자신들 보다 훨씬 앞에서 달려가던 사람이 돌연 뒤돌아서 달려오는데 처음엔 잘못 들은 줄 알았다.

"숙여!!"

1초에 100미터를 주파하는 속도로 달려오는 사람을 상대로 두 번 생각할 시간이 없었기에 거의 본능적으로 진운이 달려가면서 허리를 숙이자,

탁!

꾸욱~

정확한 타이밍에 진운의 숙인 등을 밟고 뛰어오르더니 마치 죽으려고 작정한 것처럼 아파치 헬기를 향해 마치 한 마리 새처럼 날아서 뛰어드는 게 아닌가?

—……??

레이나도 도대체 무슨 짓을 하려는 건지 영문을 몰라 하는 그 순간,

슈아아악!!

마치 날개를 퍼듯 양손을 허공에 뻗은 남자의 손에 아공간이 열리면서 붉은색 검과 백색의 검이 각각 나타났다.

"아공간 소환!"

진운도 자신의 등을 밟고 가버리는 행동에 순간 화가 나서 고개를 돌렸다가 때마침 아공간에서 붉은색 검과 백색의 검이 소환되는 것을 보고는 황당해했다.

하지만 오히려 그건 시작에 불과할 줄은 몰랐던 것이다.

"하아압!!"

쾅!!

아공간에서 뽑아 낸 검을 마치 합치려는 듯 검을 겹치자,

휘리리릴!!

마치 살아 있는 듯 두 개의 검이 서로 꽈배기를 꼬듯 휘감기더니,

파삭!!

주변의 공기가 부서지는 소리와 함께 롱소드만 한 두 자루의 검은 사라지고 길이만 3미터는 넘어 보이는 엄청난 길이의 장검이 손에 들려 있었다.

투타타타타타타타타타!!

아파치 헬기도 설마 자신을 향해 뛰어들 줄은 전혀 예상하지 못하고 있었는지 당황하면서 불과 1초 정도 늦게 기수를 틀었다.

그러나 그 1초가 자신들의 생명을 좌우할 줄은 몰랐을 것이다.

까카카카카카카캉!!

스걱!!

방탄 합금으로 만들어졌다고 알려진 아파치 헬기가 수직으로 정확하게 두 개로 분리가 되어버리더니,

끼이이익…….

쾅!!

콰쾅쾅!!

날아오던 속도 그대로 잘려진 채 땅에 떨어져 폭발해 버렸다.

인간과 전투 헬기의 대결에서 완전 압승이었다.

물론 진운도 불가능한 건 아니지만 지구에 자신 외에도

저 정도로 무력을 가지고 있는 사람이 또 있을 줄은 정말 몰랐던 것이다.

"휴우……. 아무튼 끈질긴 놈들이라니까."

전투 헬기를 처리한 것 치고는 너무나 평온한 한마디였다.

그리고 손에 쥐고 있던 장검을 양손으로 쥐더니,

"흡!!"

촤캉!!

양쪽으로 잡아당기자 3미터는 넘는 긴 장검은 사라져 버리고, 처음에 봤던 붉은색 검과 백색의 검으로 다시 되돌아온 것이다.

—…저 검… 신검 급이야…….

레이나도 검이 합쳐져서 다른 형태로 만들어 진다는 것은 들어본 적도 없었다.

기껏해야 검에 마법을 인챈트해서 능력을 높이는 것이 전부였는데, 아주 완전 신세계를 경험한다고 해도 과언이 아닐 만큼 상식을 벗어나는 일을 현재 보고 있는 것이었다.

스르륵.

볼 일이 끝났다는 듯 양손의 검을 각자 허공속의 아공간 입구를 열어 집어넣은 다음 멍하니 서 있는 진운과 레이나를 보며 말했다.

"자네가 정진운 군, 그리고 이쪽은 미스 레이나 양인가
요?"

"네, 제가 정진운입니다."

—레이나예요.

진운은 눈앞의 사내가 사십대 초반으로 보이지만, 이미
감각적으로 느껴지는 무력이 자신과 비슷하거나 아주 조금
아래라 느끼고 있었다.

백호연과 치사오 대련을 하면서 나름 깨우친 것이 있기
에 단번에 수준을 알았지만 설마 이런 실력자가 있을 줄
은… 정말 몰랐었다.

"음, 호연 군에게 들었는데, 나와 동급이거나 아니면 한
단계 위라고 하던데… 생각 이상이군요. 아직 꿈틀대는 힘
이 느껴지는 것을 보면."

"……?"

투타타타타타타타타!!

뭔가 첫만남이 강렬한 것도 있지만 이제야 겨우 인사 한
번 나누나 싶었는데 다시 멀리서 들리는 헬기 로터 소리에
세 명이 전원 고개를 돌렸다.

"우선 자리를 옮기는 게 좋겠군요."

사내가 한마디 하더니,

"따라와요, 능력껏~"

마치 놀리는 듯 한마디 하고는 쏘아진 활시위처럼 벌써 저 멀리 사라져 가버렸다.

"뭐가 어떻게 된 건지… 나참……."

상황이 어떻게 돌아가는 건지 모르지만 우선 같은 편이고, 저 정도 능력자라면 진운이나 레이나에게 정말 최고의 조력자가 생긴 것은 확실하기에 서둘러 움직였다.

Chapter 09
베이스퍼

"이 정도면… 뭐, 못 찾겠지."

아직 누군지 자기소개도 하지 않은 남자가 진운 일행을 이끌고 간 곳은 허름한 판자촌으로 보이는 곳이었다.

그곳에서 골목만 수십 번 돌고 돌아서 진운조차 자신이 어디로 들어왔는지 헷갈릴 만큼 돌고 돌아서야 다 스러져 가는 판잣집 안으로 들어섰고, 진운 또한 별수없이 그를 따라 안으로 들어갔다.

"원래 내가 생각한 것은 이런 첫 만남이 좀 이상하게 되어버렸군……. 쩝."

한숨 돌리고 나자 그제야 멋쩍은 듯 진운과 레이나에게 인사한 그는 악수하려는 듯 손을 내밀었다.

"난 베이스퍼라고 하네, 전직 미국 국가 공인 마스터였지만… 뭐, 아까 봤다시피 지금은 CIA에게 쫓기는 입장이라네."

"……."

최고의 조력자를 얻었다고 생각했던 진운은 최악의 혹이 붙은 걸지도 모른다는 것이 찰나의 순간 뇌리를 스치고 지나갔다.

CIA에 쫓기는 전직 국가 공인 마스터라니… 이건 완전 생각지도 못했던 반전인 것이다.

─그럼 아까 쫓아오던 전투 헬기가 미군이었군요.

"네, 미스 레이나 양, 괌 기지에서부터 저를 죽어라 따라왔지만 설마… 필리핀 공항까지 무턱대고 날아서 올 줄은 몰랐기에 이렇게 되었군요."

강렬한 첫만남과 함께… 강력한 조력자겸… 최악의 꼬리가 붙어버린 상황이 되어버렸다.

우선 완전히 감시가 없어졌다고 판단되자 베이스퍼는 또다시 자리를 옮겼다.

처음 판자촌은 임시로 숨기 위한 곳이었는지 새롭게 찾아간 곳은 그나마 괜찮은 아파트였다.

“내가 듣기로는 나와 목적이 같다고 들었는데……?”

리엘은 우선 레이나가 마법으로 재워 버린 뒤였기에 처음으로 베이스퍼와 진운 그리고 레이나가 마주하고 자리에 앉았다.

먼저 말을 꺼낸 것은 베이스퍼였다.

“저는 야마시타 골드의 행방을 쫓아서 왔습니다. 그럼 베이스퍼……?”

베이스퍼 님이라고 해야 할지… 베이스퍼 씨라고 해야 할지… 순간, 적으로 판단이 서지 않은 진운이 말꼬리를 흘렸다.

“그냥 베이스퍼라고 부르면 됩니다. 뭐, 아시다시피 제 본래 나이는 이미 죽어서 관 속에 들어갔어야 할 나이지만 어쩌다 보니 이렇게 젊음을 되찾았기에 나이든 티를 내고 싶진 않거든요.”

“그럼 베이스퍼께서도 말을 놓으세요. 전 이제 이십대 중반입니다.”

“……??? 설마… 정말 이십대 중반인가요?”

베이스퍼는 진운이 나이를 밝히자 크게 놀라워했다.

그도 진운을 처음 만났을 때 자신과 비슷하거나 조금 더 윗줄이라고 직감적으로 느끼고 있었다.

그렇다 보니 진운이 자신처럼 다시 육체가 젊어진 것으

로 생각했던 것이다.

베이스퍼는 총 두 번 육체가 젊어진 상태였다.

마스터에 오를 때 한 번 젊어졌고, 마스터의 벽을 넘어 마이스터에 오를 때 또 한 번 젊어지면서 현재 사십대 초반의 외모를 가지게 된 것이다.

그렇다 보니 베이스퍼는 진운도 최소 육십대 이상의 나이일 거라 생각했는데 그게 아니라고 하니 놀랄 수밖에 없었다.

"그럼 젊어지는 것은……?"

당연히 자신과 비슷하다면 마이스터의 경지에 올라섰다는 것이니 육체가 젊어졌어야 했는데 지금 진운의 외모는 그가 말한 나이 그대로 이십대 중반의 나이대로 보였기에 물어본 것이다.

"전 그런 과정이 있었는지 모르겠지만, 대신 골격이 바뀌더군요."

"…흠……. 젊어지는 것이 아니라… 어쩌면 최적의 몸으로 돌아가는 것일지도 모르겠군……."

그동안 베이스퍼는 경지가 오를 때마다 거의 이삼십 년씩 젊어지는 것에 반로환동하는 것으로만 생각했는데, 진운의 경우를 보면 꼭 그렇지만도 않아 보였다.

대신 진운의 골격이 변했다는 말을 듣고 어쩌면 젊어지

는 것은 부수적일 뿐, 몸이 최적의 상태로 변하고 있는 것일지도 모른다고 생각하게 되었다.

아무래도 가장 혈기 왕성하고 젊은 나이 때가 가장 최적의 상태일 테니 젊어지는 것은 자연스럽게 따라왔을 것이니 말이다.

"그보다… 야마시타 골드뿐?"

"그것도 포함입니다. 현재 제 목적은 야마시타 골드도 중요하지만 테칸을 찾는 것이 더 급합니다. 백호연 씨의 말로는 정보를 가지고 계신다고 들었습니다."

진운이 테칸을 언급하자 베이스퍼의 눈빛부터가 달라져 버렸다.

"그가 어떤 녀석인지 알고 있는가?"

"한 번 대결한 적이 있습니다."

진운이 순순히 싸운 적이 있다고 하자 베이스퍼는 조용히 진운을 쳐다보더니,

"패했군."

"……."

아무리 그래도 다른 사람의 입에서 자신이 패한 것을 순순히 인정하는 것은 싫은 게 남자인 법이다.

대신 입을 다물어 침묵하는 것으로 대답을 대신한 진운이었다.

“후후후후후훗……. 나도 뭐 처음 녀석을 만났을 때는 속수무책이었으니까 피장파장이군.”

“…테칸과 붙은 적이 있습니까?”

진운은 베이스퍼가 테칸과 싸운 경험이 있다는 말에 반응하자

“대충 서너 차례 붙었지만… 뭐, 결과적으로 무승부였지.”

“…….”

진운은 베이스퍼가 테칸과의 승부에서 무승부를 기록했다는 말에 눈에 띄게 눈꼬리가 움직였다.

현재 자신 정도면 충분히 테칸을 처리할 수 있을 것으로 생각했던 것이다.

그런데 자신보다 조금 아랫줄이긴 하지만 오히려 노련미와 체계적인 수련과 수십 년 동안 검을 잡고 살아온 경험이 풍부한 베이스퍼가 무승부를 기록했다면 다시 만난다 해도 자신조차 승부를 장담하지 못하는 것이다.

그런데 베이스퍼는 다른 말까지 했다.

“그럼 아직 테칸의 쌍둥이 형제인 로이칸은 만나보지 못했겠군?”

“네? 쌍둥이 형제… 요?”

전혀 금시초문인 로이칸의 존재를 알게 된 진운이 조금

당황하자 베이스퍼는 고개를 끄덕이며 말했다.

"녀석들은 둘이서 동시에 마신과 계약을 했네. 테칸은 불의 속성 중에서도 섬멸의 불꽃을 사용하고, 로이칸은 사멸의 불꽃을 사용하네."

사실 진운은 테칸이 불을 사용한다는 말에 한 번 찾아본 적이 있었다.

도대체 어떤 마신과 계약을 했기에 불을 사용하는 것일까 하고 말이다.

가장 유력한 마신은 아몬과 아로세르 그리고 마르코키아스, 이렇게 세 명의 마신이었다.

아몬은 본래 고대 이집트의 주신으로 '아멘 라―'라는 이름을 가지고 있었다고 한다.

하지만 기록에 의하면 여호와에게 패한 뒤에 모든 광명과 힘을 잃어버리고 타락해 버린 것이 72마신 중 아몬인 것이다.

그의 모습은 여호와에게 패하면서 온몸이 난도질당한 것 때문에 마계의 마물과 합성이 되어버렸다.

이후, 개 이빨이 달린 부리를 가진 새의 머리에, 늑대 몸을 하고 있고, 모든 것을 태워 버리는 불을 뿜은 모습으로 변해 버렸다.

아몬이라는 이름도 본래 이름인 '아멘 라―'라는 이름에서 비롯된 것이다.

72마신 중 지옥의 대후작으로서 패배한 뒤에 타락해 버린 다른 신들과 달리, 차분하게 복수의 칼날을 키우고 있을 만큼 냉정하고 차분하게 복수를 준비하고 있다고 쓰여 있었다.

그리고 두 번째 아로세르는 딱히 별다른 이력은 없지만 마계 군단을 지휘하는 대공으로 불타는 얼굴을 한 기사의 모습이 특징이었다.

거대한 말을 타고 다니면서 천문학이나 명리학에 뛰어난 힘을 가지고 있는 마신이기도 했다.

진운이 생각할 때 테칸과 로이칸이 계약한 마신으로 생각하기에는 가장 낮은 후보 중 하나이긴 했다.

마지막으로 마르코키아스는 불을 뿜는 그리폰의 날개를 가진 늑대의 모습을 가지고 있는 타천사로, 다른 타천사와 비슷하게 본래 천사였다가 타락해서 지옥으로 떨어진 것이다.

전투력만큼은 거의 아몬에 버금갈 만큼 강력하다고 알려져 있었다.

이렇게 세 명의 마신이 있지만 그나마 가장 유력한 것은 바로 아몬이었다.

본래 과거 주신의 위치에 있었던 만큼 차분하면서도 끝

까지 복수를 노릴 만큼 냉정하며, 무엇보다 가장 강력한 불을 사용한다는 것 때문이었다.

"혹시… 테칸과 로이칸이 계약한 마신을 알고 있습니까?"

진운은 자신이 생각하는 범위 내에서 어쩌면 마신의 정체를 알아낼 수 있을지도 모른다는 생각에 물었다.

그러자 베이스퍼는 조용히 생각하는 듯하더니 이렇게 말했다.

"나도 직접적으로 본 적은 없네. 하지만 가장 믿을 만한 사람에게 듣기로 아몬이라고 하더군."

"역시……."

진운이 베이스퍼의 말을 듣고 쉽게 수긍하는 모습을 보이자

"자네는 어느 정도 알고 있었나 본데……?"

사실 지금 이들이 나누는 대화자체가 너무 허무맹랑한 대화가 대부분이었다.

마신과 계약한 인간이라든지, 아몬이라는 신화에 나오는 마신이라든지 말이다.

"네. 그보다… 베이스퍼께서 말한 가장 믿을 만한 사람이… 혹시 김현중입니까?"

"……?"

진운의 입에서 김현중이라는 이름이 나오자 날카롭게 변하더니 뿜어져 나오는 기운부터 달라져 버린 베이스퍼였다.

"자네, 어째서 그렇게 생각하는 건가?"

"직접… 그에게서 부탁을 받았습니다."

"…직접? 부탁을? 무슨 그런 말도 안 되는……. 그는 이미 10년 전에 이곳을 떠났네!"

자신이 직접 배웅까지 해서 완전히 떠나는 뒷모습을 보았었다.

그리고 김현중이 다시 돌아왔다면 자신을 찾지 않을 이유가 없다고 굳게 믿고 있기에 진운의 말에 감정을 드러내 버린 베이스퍼였다.

그만큼 베이스퍼에게 김현중이라는 존재가 크게 자리 잡고 있다는 증거이기도 했다.

사실 백호연도 그렇고 알렉산드로도 그렇고 국가공인 마스터에 있는 이들 모두가 그와 밀접한 관계를 가지고 있다고 해도 과언이 아니었다.

특히 베이스퍼에게는 김현중은 남다른 이유는 그가 바로 베이스퍼가 마스터를 넘어 마이스터에 오르도록 도와준 사람이었기에 이처럼 감정이 드러날 만큼 흥분한 것이다.

"저도 직접 만난 것은 아닙니다. 차원 통신이라는 이상한 것으로 영상통화를 했을 뿐이니까요.”

“…차원통신……. 허, 그런 게 가능했단 말인가……. 그 친구는… 도대체 끝이 어딘지…….”

진운이 김현중과 차원통신이라는 말도 안 되는 것을 했다는 것에 한 치의 의심도 하지 않는 베이스퍼였다.

사실 그가 알고 있는 김현중은 그것보다 더 대단한 녀석이었으니 말이다.

“…믿는 겁니까? 제 말을?”

사실 진운은 자신이 말해놓고도 베이스퍼가 순순히 믿어줄 것이라고 생각지 않고 있었다.

차원통신이라니? 그걸 누가 믿는단 말인가?

하지만 베이스퍼가 너무나 당연하다는 듯 믿어버리자 오히려 진운이 살짝 당황했다.

“후후후후훗, 자네는 모르네. 그와 나의 관계 그리고 함께했던… 수많은 싸움을 말이야. 그보다… 자네는 나와 같은 검사 같은데… 옆에 레이디 레이나 양은? 마법사이신가?”

레이나의 정체까지 한눈에 알아보는 베이스퍼의 모습에 레이나가 조용히 고개를 끄덕이자,

“…인간이 아니시군요.”

레이나에게는 이상하게 끝까지 존칭을 하는 베이스퍼

였다.

마치 무언가 알고 있다는 듯 말이다.

—알고 계시군요.

레이나도 그런 베이스퍼의 반응을 딱히 어색해하지 않고 있었다.

"보아하니 나보다 서너 배는 많은 세월을 살아온 듯한데… 혹시… 엘프이십니까?"

백 살이 넘었다고 말했던 베이스퍼의 서너 배 정도라고 정확하게 나이까지 알아내자 레이나도 싱긋~ 웃으면서 고개를 끄덕였다.

"…역시 오래 살고 볼일이야……. 환상의 요정이라는 엘프까지 눈으로 직접 볼 수 있다니 말야……."

마족과 싸우는 마당에 엘프가 딱히 그렇게 신기할 것이 없을 수도 있었다.

하지만 마족과 엘프는 엄연히 그 종족의 기본이 다르니 베이스퍼도 놀라는 것이다.

한없이 인간에 가까우면서도 인간과 다른 종족.

그게 엘프였다.

베이스퍼도 듣기로 지구에도 아주 과거에는 엘프가 있었다고 들었었다.

무슨 이유에선지 갑자기 사라져 버렸지만 말이다.

“혹시… 나이가……?”

주책스럽게 보기에는 이십대 초반으로 보이는 레이나의 외모는 그저 껍데기에 불과하다는 것을 알고 있는 베이스퍼가 호기심에 나이를 슬쩍 물어보자,

“여자에게 나이를 묻는 것은 실례라고 하더군요.”

“허허허허허허헛, 내가 한 방 먹었군요……. 하하하하하.”

뭐가 그리 좋은지 기분 좋게 웃는 베이스퍼였다.

하지만 그렇게 시원하게 웃고 나서는 순식간에 표정이 바뀌어 버린 뒤에 진운을 보면서,

“그런데 저기, 저 여자애는… 일행인가?”

잠들어 있는 리엘을 가리키는 베이스퍼의 말에 고개를 끄덕였다.

“자만이 심하군, 자네는.”

“…네? 자만이 심하다니… 말씀이 좀 지나치시군요.”

뜬금없이 자만이 심하다고 나무라는 베이스퍼의 말에 진운이 발끈하자,

“그럼 저게 자만이 아니면 뭐란 말인가? 아무리 봐도 평범한 여자애 같은데 말야. 내 말이 틀린가?”

“평범한 여자애가 맞습니다. 하지만 그게 왜 제가 자만한다는 겁니까?”

“쯧쯧쯧.”

진운이 발끈하자 베이스퍼는 혀를 찼다.

“경지는 높은데 아직 마음을 완전히 다스리지 못하고 있군……. 아마 가슴속에 화(禍)가 그것을 막고 있을지도…….”

마치 베이스퍼가 하는 말이 자신이 복수 때문에 그렇다고 말하는 듯한 모습에 결국,

벌떡!!

자리에서 일어서버린 진운이 무섭게 기운을 일으키면서 베이스퍼를 노려보았다.

조용히 그 모습을 지켜보던 베이스퍼는 조용히 말했다.

“자네는 테칸과의 싸움에서 여자애를 지키면서 싸울 셈인가, 아니면 테칸과 로이칸을 동시에 상대하고도 이길 만큼 강한가?”

뜨끔~!

마치 커다란 창으로 가슴을 찌르는 듯한 베이스퍼의 말에 진운이 입을 다물어 버렸다.

“자네는 싸움을 무슨 어린애들 노는 걸로 생각하는구만. 호연 군이… 아무래도 사람을 잘못 본 것 같아…….”

이제는 진운을 깎아내리기까지 하자 화가 나고 뭐라고 반문하고 싶은 진운이었지만 딱히 반박할 것이 없었다.

오히려 그래서 지금 자신에게 더욱 화가 났을지도 모르
지만 말이다.

"백 마디 말보다 한번 겪는 게 더 좋겠지."

드르륵~

조용히 자리에서 일어나 밖으로 나가면서,

"따라오게."

그러고는 홀연히 밖으로 나가 버리는 베이스퍼였다.

불과 밖으로 나온 지 겨우 30분 정도 흘렀을까?

놀랍게도 바닥에 한쪽 무릎을 꿇고 쓰러져가는 것은 진
운이었다.

"헉헉헉…… 헉헉헉……."

반면 베이스퍼는 오연하게 서서 그런 진운을 내려다보고
있었고 말이다.

"이제 내가 한 말을 이해했는가?"

"어떻게 단 한 번도… 공격이 성공하지 못 하는 거
지……."

진운은 지금 자신을 나무라는 베이스퍼의 말이 귀에 들
어오긴 했지만 머릿속은 너무나 허무하게 막혀 버리는 자
신의 공격 때문에 멘붕 상태까지 몰려 있었다.

밖으로 나온 베이스퍼는 자신의 애병인 듯 아공간에서

붉은 검과 백색의 검을 꺼내더니 합쳐서 조금 검 면이 넓은 롱소드 정도의 모양으로 만들었다.

반면 진운은 레이나에게서 롱소드를 받아서 사용했고 말이다.

사실 무기가 조금 차이가 나긴 했다.

그렇지만 실제 진운이 느끼는 것은 무기의 차이가 아니었다.

바로 실력의 차이인 것이다.

자신이 알고 있는 마스터 스킬을 모조리 사용한 진운이었다.

하지만 허무하게도 그 어떤 것도 베이스퍼에게 먹혀들지 않았던 것이다.

마치 진운이 어떤 공격을 할지 미리 알고 있기라도 한 듯 흘려버리거나 비슷한 공격으로 파괴해 버리는 바람에 실제로 죽어라 공격한건 진운인데 먼저 지쳐서 지금 바닥에 무릎 꿇은 것도 진운이었다.

"너무 강해……. 그래서 오히려 너무 단순하군."

오만하기까지 한 말이지만 진운에게는 전혀 오만하게 들리지 않았다.

확실하게 실력으로 패했으니 말이다.

―진운…….

옆에서 그걸 지켜본 레이나도 마음이 편하지 않은 것은
당연했다.

진운을 이렇게 키운 것이 바로 레이나 본인이었으니 말
이다.

오로지 강하게, 일격 필살로 가르쳤고, 그렇게 강해진 진
운이었다.

대륙의 마스터는 아주 하찮게 생각했던 진운은 지금 그
하찮게 생각했던 대륙의 마스터와 같은 기분을 느끼고 있
는 것이다.

"데리고 들어가세요."

베이스퍼가 조용히 한마디 하자 그제야 레이나는 조용히
베이스퍼에게 인사를 했다.

그가 진운에게 감정이 있어서 그런 것이 아닌 것을 알고
있었으니 말이다.

다만 진운이 아직까지 안일한 마음이 남아 있는 것 때문
에 따끔하게 혼내주려 일부러 이렇게 압도적으로 무너뜨렸
다는 것을 알고 있었다.

진운에게는 힘들지 모르지만 어차피 이겨내는 것도 진운
의 몫이었다.

─진운, 들어가.

아직도 자신의 패배를 머릿속으로 되뇌고 있는지 대답이

없는 진운을 억지로 끌고 집 안으로 들어가는 모습을 모두
지켜본 베이스퍼는,

"크흑……."

그제야 입에서 낮은 신음성을 내더니, 아공간으로 검을
돌려 보냈다.

그러고 나서 대결의 흔적은 오히려 진운보다 더 심각했
다.

손바닥이 거의 걸레마냥 모두 터지고 살이 뒤집어져 있
었던 것이다.

"굉장하군……. 공격에 8할을 흘려보냈는데… 손바닥이
이렇게 되다니……."

마이스터에 오르고 난 뒤, 베이스퍼는 테칸과 싸울 때도
자신의 손이 이렇게 엉망이 된 적이 없었다.

그런데 진운과 겨우 30분 정도의 대련을 가장한 따끔한
훈계 한 번 한 것으로 마치 손바닥이 불로 지진 것처럼 엉
망이 되어버린 것이다.

"확실히… 공격은 단순해. 하지만 강하군……. 그런
데……."

베이스퍼는 자신이 직접 싸워본 진운의 무력은 확실히
자신보다 윗줄이라고 인정했다.

공격을 대부분 흘려보내고 어쩔 수 없을 경우에만 맞대

응을 했을 뿐인데 다시 검을 잡으려면 자신의 비장의 수법을 써야 할 만큼 손바닥이 엉망이 되어버렸으니 말이다.

검사가 검을 잡는 손만큼은 그 무엇보다 소중하기에 최후의 수법이 있었다.

당연히 그렇기에 손이 그 지경이 되도록 진운과 싸웠던 것이고 말이다.

"…왠지 꺼림칙하군."

베이스퍼가 느끼기에 진운의 검술은 정말 강했다.

너무나 강해서 기술 하나하나가 조그만 방심하면 자신이 오히려 반대로 바닥에 무릎 꿇고 있었을지도 모른다고 생각할 만큼 강했지만… 이상하게 이질감이 느껴진 것이다.

"무엇을 상대로 싸우기 위해 강해진 거지? 도대체……."

이런 의문이 생긴 것이다.

진운의 마스터 스킬 하나하나가 분명히 베이스퍼도 감당하기 힘들어 흘려버려야 할 만큼 강했다.

하지만, 결코 사람을 상대로 싸우기 위해서 만들어진 검술이라고 보기에는 너무나 엉성하고 기술과 기술 사이에 딜레이가 컸던 것이다.

거기다 '이제 허리를 찌르겠습니다' 라고 광고하는 것처럼 자세가 커다란 것도 도무지 이해가 되지 않았다.

자신보다 윗줄이라면 최소한 마이스터의 경지 끝에 다다

랐거나 어쩌면 마이스터를 넘어섰을지도 모른다고 생각하고 있었다.

그런데 그런 진운의 경지와는 너무나 상반되는 검술을 사용하고 있었으니 이런 의문이 드는 것은 당연했다.

"…마치 커다란 무언가와 싸우기 위해 만들어진 것 같아……."

그냥 느낌이었지만 베이스퍼는 진운의 검술을 받을 때마다 사람이 아니라, 사람보다 훨씬 큰 존재, 즉 무엇인지 꼬집어 말할 수는 없지만 최소한 높이 이삼십 미터는 넘어 보이는 커다란 것을 작은 인간이 상대하기 위해 만들어졌다는 느낌을 너무나 강하게 받았다.

사실 베이스퍼가 이런 느낌을 받은 것은 당연했다.

마스터 검술 자체가 인간이 드래곤을 상대하기 위해 만들어 졌으니 말이다.

인간 대 인간이 아니라, 처음부터 드래곤을 죽이기 위해 만들어진 검술이었다.

덩치만도 수백 배는 크고, 신이 창조한 최강의 생물이라는 타이틀이 어색하지 않은 드래곤을 죽이려면 인간으로서는 많은 것을 포기할 수밖에 없었던 것이다.

사실 대륙에서 마스터 스킬이 사라진 것도 더 이상 드래곤의 지배를 받지 않는데 너무 강한 것은 필요없다는 생각이 약간 작용한 것도 있긴 했었다.

지금까지 진운의 무력을 마주할 수 있는 실력자가 전무하다시피 했던 것이다.

대륙의 마스터는 물론이거니와 백호연도 사실 진운의 공격을 흘려버리거나 맞대응 할 수 없는 경지였다.

거기다 백호연은 권법가였고, 진운은 검을 주로 다루었으니 애초에 기본이 달랐다.

하지만 베이스퍼는 진운보다 조금 아랫줄의 실력이긴 했지만, 반대로 수많은 경험과 체계적인 수련을 통해 마이스터에 올랐다.

그렇기에 그 정도의 차이는 실력으로 커버할 수 있는 수준인 것이다.

한마디로 정말 죽자 사자 싸운다면 100% 베이스퍼가 진운에게 졌다.

이건 베이스퍼 스스로도 인정하는 것이었지만, 대련이나 기타 다른 대결이라면 거의 60% 확률로 베이스퍼가 이길 수 있었던 것이다.

무엇보다 드래곤을 죽이기 위해 만들어진 마스터 스킬이 결코 약할 리가 없으니 말이다.

다만 워낙에 덩치가 커서 표적이 크다 보니 딱히 동작을 숨기거나 예비동작을 삭제해서 위력을 줄이기보다 최대한

동작을 크게 하고 위력을 배가시키는 것이 목적인 마스터 스킬이다.

그러한 특성상 인간 대 인간의 대력에서는 오히려 진운은 이제 검을 조금 알아가는 수준과 크게 다를 바가 없었던 것이다.

"힘든 싸움이겠어."

누가 봐도 힘든 싸움이 될 것이다.

오늘 처음 만나본 진운의 실력이 백호연이 말했던 수준을 훨씬 넘어서는 무력은 좋았다.

그러나 그가 쓰는 검술은 너무 빈틈이 많았고, 그런 빈틈을 놓칠 리가 없는 적이었을 뿐이다.

상황이 이런데 평범한 여자애를 데리고 가려는 짓은 한마디로 동료 전원을 위험에 빠뜨리는 짓이나 다름없었다.

Chapter
10
습격

진운이 다시 정신을 차린 것은 베이스퍼와 대련하고 난 네 시간 정도 뒤였다.

생각 이상으로 충격이 컸는지 제법 시간이 오래 걸린 것이다.

"제가… 자만했군요."

패배를 순순히 시인하는 진운의 모습에 베이스퍼는 입가에 미소를 띠웠다.

분명히 말은 패배했다고 하지만 그의 눈동자에서는 오히려 투지가 끓어오르고 있었으니 말이다.

사실 패배하는 자는 많다.

그렇지만 패배를 딛고 다시 일어서는 자는 결코 많지 않았다.

보통은 자신이 믿던 힘이 허무하리만큼 무너져 버리면 당연히 정신적인 공황과 동시에 자신의 인생 전부가 허무해져서 자포자기하는 것이 대부분이었다.

하지만 진운은 조금 달랐던 것이다.

사실 베이스퍼가 모를 뿐이지, 진운은 체계적으로 수련을 해서 강해진 것이 아니라 오로지 살기 위해서 강해진 경우다.

허무하게 패배는 했지만, 자신이 살아온 인생이 흔들릴 만큼 충격이 크진 않았기에 다시 투치를 불태울 수 있었다.

더 강해지면 되는 것이다.

더 빠르게 공격하고, 더 빈틈을 찾아 공격하면 되는 것이다.

강해지는 것이 목적이 아니라, 살아남는 것이 목적인 진운에게는 자신의 힘이 이제 와서 약하다는 것은 다시 새롭게 밟고 올라설 곳이 있다는 것에 불과할 뿐이었다.

"이걸 받게."

그런 진운에게 베이스퍼가 품에서 손바닥만 한 노란 종이 한 장을 내밀었기에 우선 받았지만 뭐지 모르는 듯한 눈치였다.

　─그건……?

반면, 레이나는 베이스퍼가 준 노란 종이를 받아든 진운의 손을 보고는 화들짝 놀라더니 베이스퍼를 쳐다보았다.

　─텔레포트 스크롤… 이잖아요. 이걸 도대체 어디서……?

대륙에서는 이미 사라진 텔레포트 마법이었기에 텔레포트 스크롤 자체가 거의 전설로나 남아 있을 정도로 희귀한 것이었다.

그런데 그것이 이곳 지구에서 보게 되었으니 놀라지 않을 수가 없는 레이나였다.

"텔레포트 스크롤인 것을 안다면 사용법도 알겠군요?"

베이스퍼가 레이나를 보며 말하자 고개를 끄덕인 레이나는,

　─이걸 찢는 순간 정해진 좌표로 강제 이동되는 것 아닙니까?

레이나의 설명에 베이스퍼는,

씨익~

하며 웃더니 진운을 돌아보았다.

"그걸 사용해서 저 여자애를 안전한 곳으로 보내게."

"…이걸 사용하라는 말입니까?"

진운도 공간이동이 얼마나 대단한 건지는 몰라도 레이나가 저 정도로 놀라는 것을 보면 굉장히 귀중한 것은 눈치로 알 수 있었다.

그런데 베이스퍼는 그걸 지금 리엘을 안전한 곳으로 보내는데 사용하라고 하는 것이다.

특히나 스크롤은 한 번 찢어버리면 그걸로 효력이 끝나버리는 1회용 아티팩트였다.

즉 찢는 순간 그저 종잇조각에 불과하게 되어버리는 것이다.

"그 스크롤에 쓰인 좌표는 내 손녀가 지금 지내는 곳이니 크게 걱정할 필요는 없네, 그리고 이 편지를 같이 보내 손녀가 읽으면 아마 잘 돌봐줄 걸세."

"왜… 이런 것까지 주면서… 도와주는 겁니까?"

진운은 베이스퍼가 이렇게까지 자신을 도와주는 것이 이해가 가지 않는다는 듯 물어보자,

"이미 우리가 야마시타 골드를 찾기 위해 이곳을 벗어난다고 해도 그리 오랫동안 숨기진 못할 걸세. 사실 이곳도 임시 숙소로 며칠만 묵을 수 있는 곳이니 말이야. 그런데 이런 곳에 버리고 갈 생각이었나? 자네는?"

베이스퍼의 말에 진운은 고개를 흔들었다.

“그럼 우리도 안전하고, 저 여자애도 안전하게 헤어지는
방법은 텔레포트 스크롤뿐이라 준 것이니, 너무 마음 쓰지
말게나.”

별거 아니라는 듯 말하는 베이스퍼의 모습에 진운은 조
금 전 자신을 무릎 꿇린 사람이라는 사실은 이미 가슴에서
사라지고 없었다.

처음부터 리엘을 끝까지 데리고 가겠다고 생각했던 본인
이 베이스퍼의 말처럼 자만했다는 것을 이미 인정했으니
응어리도 남지 않은 것이다.

“저… 꼭 가야 하나요……?”

리엘은 당연히 진운과 헤어지는 것이 싫은지 어떻게든
가기 싫다는 표현을 하려고 했지만 레이나가 냉정하게,

―리엘……. 지금의 우린, 널 끝까지 보호해 줄 수가 없
어……. 미안해.

라고 말해 고개를 푹~ 숙인 리엘이었다.

그리고 잠시 시간이 흐른 뒤 다시 고개를 든 리엘은 진운
의 손에서 텔레포트 스크롤을 쥐더니 말했다.

“저, 기다릴게요. 꼭 돌아오세요.”

마치 남편을 전쟁터에 떠나보내는 아내와 같은 눈빛을
보내면서 리엘은 마지막 인사를 했고,

지이익~

스크롤을 찢는 순간 마치 허공에 빨려 들어가듯 리엘의 모습이 사라져 버렸다.

그리고 아이러니하게도 정말 마지막까지 진운의 곁에 남은 사람은 레이나였다.

바벨의 탑에서 처음 만나 그동안 어쩔 수 없는 경우를 제외하고는 한시도 떨어져 본 적이 없는 레이나가 최초의 동료이자 최후의 동료로 남은 것이다.

"언제 출발하죠?"

정말 의도하진 않았지만 진운은 홀가분해진 자신의 상황에 물어보자

"음……. 아직 필요한 정보가 도착하지……!!"

진운의 말에 대답하던 베이스퍼의 눈빛이 날카롭게 번뜩이더니,

휘리릭!!

순식간에 아공간에서 붉은색 검을 꺼내 허공에 휘둘렀다.

캉!!

그런데 놀랍게도 허공에 휘두른 칼날에서 쇳소리가 들리는 게 아닌가.

그런데 그게 끝이 아니라 오히려 시작일 뿐이었다.

"저격!!"

　진운도 베이스퍼와 거의 동시에 느끼면서 아공간에서 칼라드볼그를 꺼내더니 냅다 레이나 앞을 가로막으면서 커다란 칼라드볼그의 검면을 세웠다.

　캉!!

　칼라드볼그의 검면에 부딪쳐 납으로 만들어진 총알이 터져나가는 소리가 들렸다.

　"아무래도 자네와 대련했던 것이 실수였던 것 같군…….
하지만 이렇게 빨리 알아차리다니……."

　베이스퍼는 진운과 대련이 아무래도 녀석들에게 힌트를 준 것 같긴 했지만, 예상대로라면 적어도 2일은 안전할 것으로 생각했었다.

　하지만 이건 빨라도 너무 빠른 반응이었다.

　거기다 처음에는 납탄인 총알이 어느 순간부터 철갑탄으로 바뀌어 버리기까지 했다.

　쾅!!

　납탄과는 충격 자체가 달랐고, 아직 자신의 비장의 수법으로 손아귀를 치료하긴 했지만, 완전히 아물려면 적어도 하루가 필요한 상황이었다.

　그런 와중에 철갑탄을 쳐낸 충격이 고스란히 손바닥을 타고 어깨까지 전해지자 베이스퍼도 인상을 찌푸리지 않을 수가 없었다.

반면 진운은 철갑탄으로 바뀌는 순간,

"저격로봇이야!"

이렇게까지 정확하게 진운 자신의 기감 범위를 벗어난 거리에서 저격하는 사람은 사실상 없다고 봐야 했다.

특히나 지금 자신들이 처내는 철갑탄은 코끼리도 한 방에 가루로 만들어 버린다는 것으로 사람이 쏘기에는 반동이 너무나 심한 총이었다.

무엇보다 이미 한 번 중국에서 뒤통수를 맞은 경험이 있기에 직감적으로 사람이 아니라 로봇이라고 판단한 것이다.

"…젠장, 특수 부대로군."

엎친 데 덮친 격인지, 진운의 감각에도 지금 아파트 옥상에 수십 명의 사람이 내려온 것이 느껴졌었다.

그리고 마치 기다렸다는 듯 철갑탄을 사용한 저격이 멈추는 듯하더니 무언가 총알보다 크면서 일반적인 눈으로도 충분히 볼 만큼 느린 것이 창문을 통해 날아오는 것이다.

"……!!"

잠시 살펴보던 진운과 베이스퍼는 동시에 서로를 쳐다보더니 누가 먼저랄 것도 없이 큰 소리로,

"전방!! 수류탄!!"

이라고 외치면서 베이스퍼는 황급히 화장실 문을 어깨로
부숴 버리면서 안으로 들어가 버렸다.

이에, 진운은 레이나를 재빨리 끌어안으면서 창고로 쓰
이는 듯한 방의 문을 거칠게 뚫고 들어가 버렸다.

그리고 진운과 베이스퍼가 정확하게 피신한 뒤에 수류탄
이 유리창을 깨뜨리면서 들어왔다.

와장창!!

콰쾅!!

콰콰콰콰쾅!!

아파트 전체가 흔들릴 만큼 엄청난 폭발음과 함께 순식
간에 방금 전까지 그들이 서 있던 곳은 완전 초토화가 되어
버렸다.

"진운 군!!"

"네!!"

"여기서 살아 나간다면, 시계의 좌표를 찾아서 나를 찾아
오게!!"

그 말을 끝으로 베이스퍼는 화장실 벽을 뚫고 사라져 버
렸다.

"아……! 혼자 치사하게 정말!!"

재수가 없는 건지, 베이스퍼가 피한 화장실 벽 너머에는
다른 집이 있었지만, 진운이 피한 창고로 쓰던 방은 하필

아파트 벽의 끝이었던 것이다.

한마디로 저 벽을 뚫고 나가면 8층 높이의 아파트에서 그냥 떨어져 버리는 것과 다를 바가 없었다.

사실 떨어지는 것은 문제가 아니었다.

그 정도 높이는 어차피 진운이나 레이나나 크게 문제가 될게 없으니 말이다.

진짜 문제는 높이가 아니라 바로 저격로봇이었다.

그리고 지상 8층까지 수류탄을 어떻게 쏘아 올린 건지 모르지만 수류탄도 사실 걱정이 될 수밖에 없었다.

다른 집 벽을 뚫고 빠져나간 베이스퍼는 적당히 숨으면서 나가면 되지만 자신은 꼼짝없이 벽을 뚫고 허공에서 총알받이가 될 수밖에 없었다.

때문에 지금 어떻게 해야 할지 진운으로선 망설이는 중이었다.

그때였다.

─진운!

"응?"

─벽을 뚫고 뛰어내리자.

"나도 그건 알지만 그냥 뛰어내릴 수는 없잖아."

─걱정 마, 내게 방법이 있으니까.

그렇게 말한 레이나가 양손에 마나를 가득 모으더니 마

법이 발동하자 정확하게 진운과 레이나와 똑같이 생긴 움직이는 인형인 디코이가 모습을 드러냈다.

그걸 본 진운은 웃으면서,

"좋아! 그럼 벽을 부순다!"

응―

디코이 마법 유지시간은 3분이었다.

이미 마법을 시전한 이상 망설일 시간이 없는 것이다.

곧바로 주먹에 마나를 모은 진운은 짧고 강하게 벽을 때렸다.

콰지직…….

펑!!

그냥 살짝 때린 것처럼 보였던 진운의 주먹을 받은 벽이 순식간에 커다란 원형으로 균열이 퍼지더니 더 이상 충격을 이기지 못하고 한순간 전체가 터져 나가 버렸다.

"지금이야!!"

진운이 소리치자 레이나의 손짓에 따라 자신들과 똑같은 디코이 인형이 망설임없이 뚫린 벽을 향해 뛰어내렸다.

펑펑펑펑펑!!

"역시……."

진운이 걱정하던 대로 디코이가 뚫린 벽을 뛰쳐 나가자마자 저격 로봇의 철갑탄이 허공을 가르면서 허상에 불과

한 디코이를 뚫고 지나가는 것이다.

"그럼 우린 당연히 반대쪽인 이쪽이지!!"

디코이로 벽 너머로 모두의 시선을 모은 다음 진운 레이나는 베이스퍼가 사라진 화장실로 뛰어들었다.

그러곤, 안전하게 화장실 안에 도착한 뒤, 조용히 사라져버렸다.

치익!! 치치익!!

진운과 레이나가 사라지고 난 뒤 옥상에 내려왔던 특수부대가 도착한 듯했다.

쾅!!

폭약으로 문이 터져나가더니,

드르르르르륵… 드르르르륵… 드르르륵…….

확인하지도 않고 무조건 자동으로 놓고 갈겨대기 시작했다.

철컥… 철컥…….

그렇게 한참을 비 오듯 총알을 퍼붓던 녀석들의 탄창이 비어버린 듯 날카로운 쇳소리만 들려왔다.

하지만 이내,

철컥!

다시 탄창을 바꿔 끼운 뒤,

"진입!!"

　대장으로 보이는 자의 명령에 따라 순식간에 열 명이나 넘은 특수부대가 들어와 모든 방을 점령해 버렸다.

　"12시 클리어~"

　"3시 클리어~"

　"6시 클리어~"

　"9시 클리어~"

　정확하게 네 방향을 확인한 뒤에 아무 이상이 없다는 신호를 보내고는 화장실 벽이 뚫려서 다른 집과 통해 있는 것을 확인했다.

　"2시, 탈출구로 보이는 구멍 발견!"

　그 말이 떨어지는 것과 동시에 순식간에 베이스퍼와 진운 그리고 레이나가 사라진 곳으로 들어가 버리는 특수부대원이었다.

　하지만 잠시 뒤,

　"…아무래도 놓친 것 같습니다."

　특수부대원이 다시 모습을 드러낸 곳은 판자로 지어진 허름한 집이 끝없이 펼쳐진 곳이었고, 이미 흔적조차 찾을 수 없는 상태였다.

　"작전은 실패했다. 돌아간다!"

　결국 기습은 했지만 소득없이 돌아가야만 한 특수 부대였다.

한편, 그런 특수부대를 멀리서 바라보는 이가 있었으
니…….

"놓쳤군……."

백색의 머리카락에 붉은 눈동자를 가진 굉장한 미형의
남자는 조금 아쉽긴 하지만 딱히 화가 나거나 그렇진 않은
듯한 표정을 지은 채 이 모든 것을 보고 있었다.

그리고 그런 남자의 옆에 서 있는 필리핀 경찰복을 입
은 남자는 뭐가 그렇게 죄송한지 어쩔 줄 모르는 표정이
었다.

"로이칸님… 죄송합니다. 신형 무기까지 일부러 주셨는
데……."

자신들의 기습이 실패한 것이 너무나 미안해하고 있었
다.

"뭐, 이렇게 허무하게 죽을 놈들이면… 이미 테칸의 손에
잿더미가 되고도 남았겠지. 크크크크큭…… 본래 재미란
오래도록 즐겨야 하는 거라서 말야."

로이칸이 별 대수롭지 않다는 듯 말하자, 그제야 입가에
미소가 가득한 경찰이,

"그렇게 생각해 주신다면… 저희로서는 영광입니다. 그
리고 두 번 다시~!! 이런 기회가 생긴다면 필리핀 모든 특
수부대원을 동원해서라도 꼭 잡아들이겠습니다!!"

마치 꼬리 흔들면서 애교부리는 듯 아부를 떠는 경찰의
모습에 로이칸은 씨익 한 번 웃어주고는 미련없이 발걸음
을 돌렸다.

Chapter
11
비행기를 타자

"괜찮아?"

빠져나오자마자 온몸의 마나를 최대한 끌어 올려서 판자촌의 골목을 마치 바람처럼 달리기를 얼마나 했을까?

진운이 다시 정신을 차려보니 커다란 강이 보이는 강둑이었다.

그제야 레이나를 돌아보며 물어보자,

—괜찮아. 먼지 조금 먹은 게 전부니까. 하지만……

"…어떻게 이렇게까지 절묘하게 생각지 못한 타이밍에 기습을 하는 건지……."

　레이나는 이런 기습이 처음이겠지만 진운은 벌써 두 번째였다.

　처음 기습을 당했을 때, 두 번 다시는 당하지 않겠다고 가슴속으로 다짐하고 또 다짐했던 그였다.

　그러나 현실은 두 번이나 연속으로 뒤통수를 두드려 맞은 것이다.

　―베이스퍼는 어쩌지?

　"우리보다 먼저 빠져나갔으니까 오히려 더 안전할 거야. 그리고 이미 피해 다니는 것에는 우리보다 더 익숙해져 있어 보이던데 뭐……."

　레이나는 베이스퍼가 살짝 걱정되는 듯했지만 진운이 마지막에 본 베이스퍼의 눈동자는 초초함이나 당혹감이라고는 찾아볼 수 없는 너무나 차분했다.

　그렇기에 오히려 적이 안심하고 있었다.

　―우리를 어떻게 찾아낸 거지? 미리 이미지도 정상적으로 작동하고 있었는데 말야.

　레이나는 지금까지 전혀 눈치를 못 채다가 갑자기 눈치 챈 것이 이상해서 한마디 하자 진운은 한숨과 함께,

　"아마 베이스퍼를 쫓던 무리일 거야……. 쫓기는 와중에 그렇게 미친 듯이 대련까지 했으니… 오히려 들키지 않는 게 더 이상하겠지. 하지만… 이렇게 빨리 기습할 줄이야."

　마치 진운과 베이스퍼의 대련이 기다렸다가 기습한 것처럼 딱 맞아떨어지는 타이밍에 공격을 받은 꼴이 되어버렸다.

　"잠시만……."

　그래도 혹시나 모른다는 생각이 든 진운은 자신의 휴대전화를 꺼내 레이나를 찍어 사진을 보자 이번에는 전형적인 필리핀 여성으로 사진이 찍혀 있었다.

　"그곳의 환경에 따라 적응하는 것 같은데?"

　─그러게……. 이런 마법 주문배열이라면… 절대로 이런 작은 시계 안에… 아!!

　짝!

　레이나는 혼자 중얼거리다가 뭔가 알았다는 듯 손뼉을 치더니,

　─공간 확장마법!!

　"응? 아, 공간 확장 마법… 이 있었지?"

　레이나는 자신이 진운의 차 뒷자리에 공간을 확장할 때 마법을 써놓고도 정작 시계에 공간 확장 마법이 사용되었으리라고는 깊이 생각하지 않았던 것이다.

　그저 기계라는 것이 이렇게까지 대단하고 과학이라는 것이 이렇게나 심오하다는 정도로 감탄만 했으니 말이다.

　그런데 상황에 맞추어 적응해 그곳에 가장 안전한 모습

을 보여주는 미러 이미지 마법을 보고는 도저히 마법 수식
을 써 넣을 공간이 없다 생각하고 있었던 것이다.

하지만 마법이란 새로운 것을 창조할 수 있는 힘, 없다면
늘리면 된다는 생각이 문득 떠올랐다.

그 순간 어떻게 이렇게 작은 시계 안에 수많은 마법과
여러 가지 기능이 들어가 있을 수 있는지 이해가 된 것이
다.

―…나도 머리가 굳었나 봐.

레이나는 허탈해서인지 아니면 지쳐서인지 나무 그루터
기에 앉더니 등을 기대면서 진운을 바라보았다.

―진운, 지구란… 정말 알면 알수록 대단한 곳이었어.

자신들이 마법사와 마스터로 유일하다고 생각했던 레이
나였다.

하지만 막상 뚜껑을 열어보니 이건 뭐, 대륙의 수준을 훨
씬 상회하는 마법 스크롤이 있질 않나, 마스터는 국가에서
공인받고 움직이는 사람이 있었고, 수준도 대륙의 마스터
와는 비교도 되지 않을 만큼 체계적이고 발전되어 있기까
지 했다.

아마 진운이 바벨의 탑을 만나지 못했다면 이런 세상이
존재한다는 것 자체를 전혀 모르고 아직도 살아가고 있을
지도 몰랐다.

아니, 사하라 사막을 가지 않았다면 자신의 아버지처럼 진운도 조용히 소리 소문 없이 죽었을 것이다.

"놀라긴 나도 마찬가지야……. 이건 뭐, 천외천이라는 말을 실감하니……."

하늘 위에 또 다른 하늘이 있다는 말이 정말 무슨 말인지 이해가 갔다.

평범한 사람들은 절대로 알 수도 없고, 알아서는 안 되는 세계에 지금 발을 들이고 상대로 싸우고 있으니 말이다.

—그보다 이제 어쩌지?

"…그게 위치 추적으로도 베이스퍼를 찾지를 못하고 있어. 아무래도 완전히 숨기 위해서 무슨 수를 쓴 모양이야."

진운이나 레이나는 자신들의 외모를 숨겨야 하기에 미러 이미지가 작동되고 있는 시계를 숨기거나 작동을 멈출 수는 없었다.

하지만 베이스퍼는 자신들과 상황이 달랐기에 완벽하게 숨기 위해 시계를 어딘가에 숨기거나 신호를 추적할 수 없는 곳에 잠시 넣어둔 것을 보였다.

인공위성을 통해서 위치를 추적하는 시스템으로도 찾지 못한다면 필리핀에 없어야 했는데, 그러기에는 시간적인 여유가 전혀 없었으니 말이다.

─그럼 우리끼리 독자적으로 움직여야겠네.

"아무래도 그렇겠지……."

진운은 잠시 레이나 옆에 앉아서 쉬면서 생각을 정리하기로 했다.

베이스퍼는 모르지만 자신들은 정체가 노출이 되었는지 어떤지 아직 정확하게 판단할 수가 없는 상황이었다.

만약에 자신들의 정체가 노출이 된 상태에서 독자적으로 움직일 경우 적이 먼저 함정을 파고 기다릴 가능성이 너무나 높았다.

특히 진운과 레이나가 따로 베이스퍼 없이 움직인다면 갈 곳은 야마시타 골드가 최근에 발견된 곳, 단 한 곳뿐이었으니 말이다.

어쩌면 야마시타 골드가 발견되었다는 정보조차 함정일지도 모른다는 생각이 드는 진운이었다.

방금 전 그렇게 절묘하게 기습을 당하고 나니 뭐가 옳고, 뭐가 그른 건지 도무지 판단이 서지 않고 있었다.

그렇게 혼자 고민에 휩싸이면서 판단이 오락가락할 때쯤.

꼬옥~

따뜻한 손이 자신의 손을 감싸는 느낌이 들어 진운이 고개를 들어보니 레이나가 진운의 손을 양손으로 감싸 쥐고 있었다.

　―진운.

　"…응?"

　―너무 깊은 생각은 오히려 혼란만 불러올 뿐이야.

　"…알아. 하지만… 지금 상황은……."

　레이나가 하려는 말이 뭔지 진운도 잘 알고 있었다.

　하지만 복잡하게 생각하지 않으려고 해도, 너무나 경우의 수가 많아서 더 이상 어떻게 해야 할지 자신조차 흔들리는 것은 어쩔 수 없었다.

　―엘프들에게는 이런 말이 있어.

　"……?"

　―자신이 걸은 길은 뒤돌아 보지 마라, 후회만 남을 뿐이니.

　"……."

　딱 지금 진운의 상황을 빗대어서 하는 말 같은 느낌이 들었다.

　―뭘 해야 할지 모른다면, 오히려 앉아서 기다리는 것보다 움직이는 것이 더 좋을 거야.

　"레이나……."

　진운은 정말 이럴 때는 레이나의 존재가 이토록 고마울 수가 없었다.

정확하게 진운에게 없는 것을 레이나가 가지고 있고, 레이나에게 없는 과감한 추진력은 진운이 가지고 있기에 서로 균형이 딱 맞는 커플이었다.

"고마워 ……."

진심을 담아서 말하자 레이나는 그저 웃을 뿐이었다.

—고마워하지 않아도 돼. 난 내가 원해서 진운의 곁에 있는 거니까.

"……."

정말 레이나와 있으면 진운은 스스로도 자신이 한없이 부끄러워지는 것을 느낄 때가 많았는데, 그녀의 마음을 알고 난 뒤에는 더더욱 그러했다.

레이나는 아니라고 하지만 왠지 진운은 그녀의 마음을 이용해서 자신의 이기심을 채우는 것 같은 느낌을 떨쳐 낼 수가 없었다.

—자~ 그럼 이제 다시 움직여야지?

"그래."

—야마시타 골드가 발견된 곳이 어디라고 했어?

레이나는 딱히 진운의 개인적인 일과 연루되어 있다고 생각해서 자세하게 알지는 않았지만, 이제 단 둘뿐이니 어느 정도는 알아야 움직일 수 있었다.

"남쪽에 있는 호로라는 섬이야."

─섬? 지금 여기는 바탕카스 지역이니까… 잠시만…….

뭔가 잠시 생각하더니 레이나는 자신의 아공간을 열어 지도 하나를 꺼내 살펴보는 데 다름 아닌 필리핀 지도였다.

거기에는 교통편부터 공항이 있는 곳까지 모두 표시가 되어있는 지도였다.

─우선 차로는… 거의 며칠이 걸리겠어. 특히나 섬이라서 중간에 배로 갈아타야 하는 번거로움까지 있는 방법과 여기서 바로 마닐라로 올라가서 비행기로 다바오까지 가서 거기서 호로까지 가는 방법이 있어.

"음……."

자동차는 느리긴 하지만 확실히 습격이나 공격에 대비하기 편한 것이 장점이긴 했다.

하지만 너무 느린 것도 있고, 길이 한국처럼 아스팔트가 깔린 곳이 드문데다 바닥이 울퉁불퉁해서 자신이 가지고 있는 멕라렌 P1을 몰고 가는 것은 사실상 차를 부숴 버리겠다는 것이나 다름없었다.

해서 차를 따로 구해야 하는 번거로움까지 있는 것이다.

반면, 비행기는 마닐라로 가서 비행기를 타는 것까지는

위험에 노출되긴 하지만 비행기가 뜨고 나면 사실상 크게 위험이 적은 장점이 또 있었다.

둘 다 장단점이 확실하다 보니 이번에는 어떻게 가야 할 것인지로 고민에 빠진 진운이었다.

하지만 지금 상황에 베이스퍼가 언제 다시 연락을 취할지도 모르는 막막함을 언제까지 기다릴 수도 없다.

또한 이왕 움직이는 거 시간이 오래 걸리는 방법으로 갔다가 테칸이 그사이에 다시 사라져 버리면 정말 말 그대로 헛수고하는 것밖에 되지 않음 또한 알았다.

고민은 길었지만 결국 선택은 이미 정해져 있었다.

"비행기로 가자."

진운은 정체를 감춰주는 아티팩트의 위력을 한 번 믿어 보기로 하고는 과감하게 움직이기로 했다.

사실 마나를 풀로 끌어올려서 뛰어서 갈까도 생각해 봤다.

하지만 투명마법으로 완전히 정체를 감춰서 움직이는 게 아닌 이상 현재 미러 이미지로 보이는 평범한 필리핀 사람이 초속으로 움직인다는 것은 말도 안 될 일이었다.

게다가 위성감시가 그런 것을 놓칠 만큼 허술하지 않아 보인다는 가장 큰 이유 또한 한몫했다.

이는 오히려 정체를 알려주는 셈이 될 수 있어서 포기해 버린 것이다.

—돈은 걱정하지 마.

말을 마친 레이나는 역시나 철두철미한 레이나다운 모습
을 보여주기 시작했다.

진운이 비행기로 간다고 결정하자마자 자신의 아공간에
서 여권 두 개와 필리핀에서 사용되는 100페소짜리 지폐 한
다발을 꺼내 든 것이다.

“…….”

기다렸다는 듯 꺼내는 레이나의 모습에 진운이 그만 할
말을 잃었다.

그런 진운의 태도에 레이나는 의문스러운 표정으로 바라
보며 물었다.

—왜?

“아니… 시집가면 살림은 정말 잘하겠다는 생각이 들어
서.”

—후후후훗, 내가 좀 그렇지. 그리고 실제 필리핀에서는
100페소짜리 지폐가 가장 많이 유통된다고 들어서 준비한
거야.

레이나의 말에 진운이 할 수 있는 것은 조용히 엄지손가
락을 들어 보여주는 것뿐이었다.

그리고 여권은 누구 것인지 모르지만, 한국에서 사용하

는 여권인데 그 여권에 레이나는 과감하게 마법진을 커다 랗게 그리기 시작했다.

"뭐야? 그건?"

─응? 아, 보는 사람에게 우리 얼굴이 찍혀 있는 여권으 로 보이도록 환상을 걸어주는 마법진이야.

"…그런 것도 있어?"

─응, 보는 사람마다 자기가 생각하는 가장 이상적인 여 권으로 보여 질 거야. 그 사람의 기억을 살짝 끌어와서 보 여주는 마법이거든.

마법이란게 참, 별의별 것이 다 있다고 생각하던 중에 진 운이 고개를 갸웃거렸다.

"현재 우리는 카메라에는 필리핀 사람이지만 사람들 눈 에는 한국 사람으로 보이지 않아?"

─응? …아, 그렇구나.

잠시 미러 이미지 때문에 혼란이 온 듯 레이나는 황급히 마법진을 살짝 수정하기 시작했다.

그리고 얼마 뒤,

─완전 수정이 불가능해서 아예 공통적으로 환상이 보이 도록 바꿔 버렸어.

"수고 많으셨습니다~"

진운이 수고한 레이나에게 장난스럽게 인사하자,

―별말씀을 하십니다~

똑같이 진운의 장난을 받아준 레이나였다.

그리고 필리핀의 수도 마닐라를 향해서 곧장 이동을 시
작했다.

Chapter
이동
12

"몇 시간 전에 전용기를 타고 내린 것이 선명한데……."

진운 일행이 다시 마닐라 공항에 다다른 것은 그로부터 얼마 지나지 않은 시간이었다.

불과 몇 시간 전만 하더라도 전용기를 타고 당당하게 입국했었는데, 이번에는 조용히, 가능하면 아무도 모르게 국내선을 타고 가야 하는 아이러니한 상황이었다.

그러한 상황이 코미디 같이 느껴지는 진운이었다.

ㅡ그러네…….

레이나도 진운의 마음을 잘 알기에 살짝 맞장구를 쳐주

긴 했지만 시선은 주변을 살피기에 여념이 없었다.

가능하면 자연스럽게 공항을 살피면서 혹시라도 자신들을 알아보는 사람이 없는지 주의를 하고 있었다.

그러다,

―진운, 필리핀 경찰이야.

어쩌다 사람들 틈을 빠져나오자마자 하필 필리핀 경찰 세 명이 떡하니 서 있는 곳으로 나와 버리고 말았다.

가장 먼저 그들을 본 레이나가 진운에게 신호를 주자,

꼬옥~

갑자기 진운이 레이나의 허리를 강하게 끌어당기더니 마치 연인처럼 다정하게 걸었다.

―지, 진운…….

레이나는 갑작스런 진운의 행동에 당황했는지 귓가에 속삭였지만 진운은 그저 웃을 뿐이었다.

그리고 레이나가 귓가에 속삭이는 행동도 연인들이라면 자주 하는 행동이기에 필리핀 경찰들도 한 번 진운과 레이나를 쳐다보고는 별 관심없다는 듯 고개를 돌려 버렸다.

"…휴……."

진운은 그제야 조용히 레이나의 허리에서 손을 풀려고 하는데,

덥썩!

이번에는 레이나가 자신의 허리를 감싸고 있는 진운의 손을 잡더니 놓아주질 않았다.

"왜… 그래?"

이번에는 진운이 당황하자 레이나가 웃으면서,

—비행기에 오를 때까지 연인으로 보이는 게 더 안전하지 않겠어?

"그… 그야 그런데……."

진운은 자신이 그저 번뜩이는 생각으로 레이나의 허리를 잡았다가 그대로 당했다는 표정이었고, 그런 진운의 표정을 본 레이나는 왠지 기분이 좋은 듯했다.

"…통과~"

레이나의 마법진이 그려진 엉터리 여권이 아주 자연스럽게 통과하고 나자 가장 골치 아픈 것은 통과한 셈이었다.

사실 국내선이 딱히 심사가 그리 엄격한 것도 아니었기에 크게 걱정한 것은 없었다.

단지, 엉뚱한 여권에 커다란 마법진을 그려놓은 것에 통과하기를 기다리는 동안 제법 스릴 있을 수밖에 없었다.

"하아……."

완전히 비행기에 올라타고 자리에 앉고서야 긴장감이 어느 정도 풀린 진운과 레이나였다.

사실 이들이 지금까지 이런 긴장감을 느껴볼 이유가 없

었기에 더욱 크게 다가왔는지도 몰랐다.

그리고 비행기가 떴다고 생각되는 순간, 이미 반 정도 와 버렸고, 다시 천천히 하강한다고 느끼고 시간이 조금 지나니 목적지인 다바오에 도착해 버렸다.

"여긴 습도가 더 높네……."

진운은 비행기에서 내리자 한 첫마디가 이거였다.

사실 마닐라도 습도가 높고 더웠지만 다바오는 더 아래쪽이라 그런지 확연히 차이가 나는 것이다.

한국에 서울과 제주도 정도는 비교도 되지 않을 만큼 확연한 차이를 보였다.

그런데 다바오에 도착해서 공항을 빠져나오자 가장 먼저 진운과 레이나의 눈에 뜨인 것은 사람들 손과 허리에 있는 권총이었다.

사실 필리핀을 그저 관광지로 생각하고 놀기 좋은 곳으로 생각하는 사람들이 많은데 필리핀은 작은 섬이 많은 나라이다.

그렇다 보니 소수민족과 아직 원시부족이라고 부를 만한 부족도 제법 많이 있는 나라였다.

그 때문인지 실제로 여행을 자주 하거나 어느 정도 지식이 있는 사람에게 필리핀은 관광지로서는 위험한 나라로 분류되어 있다.

거기다 필리핀은 총기를 소지하고 있는 사람이 많은 편이었다.

진운과 레이나는 마닐라 공항에 내리자마자 베이스퍼와 강렬한 만남 때문에 딱히 이런 사정을 알아볼 시간적 여유가 없었기에 몰랐던 것이다.

하지만 필리핀은 관광지와 외국인이 많이 묵는 호텔에서도 경비원이 실탄이 들어 있는 권총을 소지하고 있을 만큼 치안이 불안한 나라였다.

다만 관광지로 벌어들이는 수입이 워낙 많다 보니 관광객이 많이 오는 곳은 그나마 길가다가 총 맞을 정도는 아니긴 했다.

하지만 조심하긴 해야 했다.

어디서 재수없게 눈 먼 총에 맞아 비명횡사할 수 있는 곳이 바로 필리핀이었으니 말이다.

특히나 배낭여행하는 사람에게는 절대적으로 추천하지 않는 나라이기도 했다.

인도나 중국과 마찬가지로 한 번 여행 중에 사라지면 시체도 찾기 힘든 곳이 바로 필리핀이었다.

마닐라는 그나마 한 국가의 수도라는 이미지 때문이라도 치안이 제법 괜찮은 편이었다.

하지만 진운과 레이나가 내린 다바오는 의외로 권총을 소지한 사람이 많이 보였고, 공항 경비로 보이는 사람은 자동 소총을 등에 메고 있기까지 했다.

"긴장 좀 해야겠지?"

진운은 괜히 사건 사고 일으킬 생각이 없이 조용히 호로까지 갈 계획이었다.

그러니 가능하면 이곳 현지인들과 마찰은 최대한 피할 생각이었다.

―응, 그리고 이대로 잠보앙가로 가서 호로를 들어가는 방법과 제네랄 산토스를 지나서 배를 타고 바로 호로로 가는 방법이 있어.

"음……."

레이나가 보여준 지도를 잠시 보던 진운은 역시나 일부러 비행기를 타고 왔는데 다시 육로를 거슬러 올라가는 게 내키지 않았는지 제네랄 산토스로 가기로 했다.

―좋아, 그럼 출발할까?

레이나는 진운이 결정하면 일체 다른 말을 하지 않는 편이었다.

사실 진운은 느끼지 못하고 있었지만 이미 레이나는 진운에게 무언가 선택하라고 알려주기 전에 자신이 최대한 판단해서 어디를 가더라도 문제가 없다고 판단된 곳만 알려주고 있었다.

단지, 진운은 그걸 전혀 모르고 있는 것이다.

그런데 지금까지 거의 정확하게 판단을 내렸던 레이나도 이번만큼은 한 가지 실수를 하고야 말았다.

필리핀 바다가 어떤 곳인지 전혀 생각하지 못했던 것이다.

"여기는 도로 사정이 좋은데?"

잠시 주변을 살펴보니 생각보다 도로가 깨끗하게 잘되어 있는 모습에 진운은 굳이 이런 좋은 도로에 자기에게 좋은 차가 있는데 걸을 필요가 없다는 생각을 했다.

그래서 슬쩍 구석으로 가더니 열쇠에 버튼을 눌러 아공간에서 멕라렌 P1을 꺼냈다.

"우와!!"

"저차… 뭐지?!!"

갑자기 공항 골목에서 나타난 멕라렌 P1의 모습에 필리핀 현지인들도 혀를 내두를 만큼 감탄하는 것이다.

확실히 멕라렌의 미려한 곡선의 미를 살린 디자인은 어딜 가나 사람들의 시선을 사로잡는 것 같았다.

그런데 그런 사람들의 감탄 어린 시선 사이에 날카롭게 진운의 멕라렌 P1을 살펴보는 현지인이 있었다.

그리고 멕라렌이 도로로 나가 시야에서 멀어지자 주머니

에서 휴대전화를 꺼내더니,

"보스, 괜찮은 물건 하나 찾았습니다."

[괜찮은 물건?]

"멕라렌입니다."

[뭣!! 멕라렌? 정말이냐?]

"네 보스, 보스가 그렇게 좋아하시던 멕라렌이 지금 공항을 빠져나가 제네랄 산토스 방향으로 움직이는 것을 확인했습니다."

[좋아! 무조건 따라가.]

"넵! 보스."

간단하게 보고만 한 녀석은 곧장 서둘러 가더니 자신의 차에 올라타 시동을 걸자마자,

끼이이익!!

타이어가 타는 냄새를 남기고는 황급히 공항을 벗어나 진운이 간 도로로 사라져 버렸다.

하지만 녀석이 탄 차는 일반적인 중고차였고, 진운이 탄 것은 억대 슈퍼카였다.

당연히 쫓아간다는 것은 있을 수가 없는 일인 것이다.

녀석이 서둘러 쫓아갔지만 거의 반쯤 왔을 때, 진운과 레이나는 이미 제네랄 산토스를 지나고 있는 중이었다.

그리고 제네랄 산토스에 도착한 상태였다.

"여기서 배 타고 가도 되겠는데?"

지도에서는 조금 더 가도 되었지만 막상 제네랄 산토스에 도착하니 이미 호로까지 가는 교통편을 쉽게 찾을 수가 있었다.

진운은 여기서 그냥 배를 타기로 했다.

그런데 일이 잘 풀리다가도 꼭 한 번씩 어긋나게 마련인지, 진운이 최대한 빨리 제네랄 산토스에 도착하긴 했으나, 오히려 일찍 출발해 버린 것이다.

일반적으로 정해진 시간에 배가 출발하는 것이 보통이다.

하지만 이곳은 상황에 따라 사람이 다 차면 일찍 출발하는 경우도 허다했고, 이 점에 대해선 레이나나 진운 둘 다 예상하지 못했었다.

애초에 제네랄 산토스는 거쳐 가는 곳쯤으로 생각했었으니 말이다.

"다음 배가 언제쯤 있지……?"

진운이 선착장에서 배 시간을 잠시 살펴보고는 자연스럽게 미간이 찌푸려져 버렸다.

—왜 그래, 진운?

"…조금 전에 떠난 배가 마지막 배였어……."

—정말?

레이나도 당황했는지 선착장에서 시간을 확인해 보더니 미간이 찌푸려져 버렸다.

—어쩌지?

내일이나 되어야 다시 배가 뜬다는 말에 무작정 여기서 내일까지 기다려야 한다는 의미였다.

거기다 서둘러 온 보람이 없어져 버리기에 잠시 진운과 레이나는 서로 고민하는데,

"여행객이신가요?"

통통한 몸집에 수박만 한 얼굴, 그리고 인상 좋게 생긴 필리핀 현지인이 진운과 레이나에게 다가오더니 여행객이냐고 물어왔다.

"네."

거의 원어민 수준의 타갈로그어로 진운이 대답했다.

"헉…… 굉장하시군요. 여행객은 보통 영어만 사용하는데, 저희 타갈로그어를 아시다니."

진운이 알려진 것과 달리 실제로는 영어보다 타갈로그어를 더 많이 사용하기에 대답했을 뿐이지만 다가온 현지인은 너스레를 떨면서 좋아하는 것이다.

"혹시 섬으로 가세요?"

선착장에서 앉아 있는 사람이라면 거의 대부분 배를 놓친 사람이 대부분이었다.

특히나 일반 정기선은 일찍 끊기는 탓에 여행객들은 그것을 모르고 늦게 오는 경우가 많았던 것이다.

진운과 레이나가 재수없는 것이 아니라, 거의 대부분의 여행객들은 정기선을 제때 와서 타는 경우는 거의 없는 편이었다.

그래서 생겨난 것이 바로 개인 어선들이 일정 돈을 받고 원하는 곳에 태워다 주는 것으로 생활하는 사람들이었다.

그리고 진운에게 다가온 수박 얼굴의 현지인도 정기선을 놓친 여행객을 태워주고 일정 돈을 받는 걸로 생활하는 사람이었다.

"네, 하지만 정기선이 없어요."

진운이 선착장을 보면서 한마디 하자,

"뭐, 손님 같은 여행객이 많아요, 너무 일찍 끊기는 경우가 많거든요. 그런데 꼭 오늘 가셔야 하나 봐요?"

"네? 아, 네 급한 볼일이 있어서 가야 하거든요."

"그럼… 데려다 주는 데는 2,000페소, 제가 다시 이곳까지 왕복으로 오는 데는 4,000페소 어떠세요?"

"……?"

진운은 그제야 인상 좋은 얼굴로 다가온 이 현지인이 사실은 불법으로 어선을 이용해 여행객을 태워다 주고 돈을 버는 사람이란 사실을 알아챘다.

그런데 정기선의 요금이 대부분 500페소에서 머무는 것을 생각하면 지금 진운에게 은밀하게 제시한 현지인이 말한 2,000페소는 사실상 바가지나 다름없는 가격이었다.

2,000페소가 한화로 대충 5만 원 조금 넘는 돈이었으니 말이다.

일반 정기선에 거의 네 배였다.

그리고 왕복할 경우 4,000페소였으니 거의 11만 원 돈을 쥐야 하는 것이다.

하지만 본래 목마른 사람이 우물을 판다고, 최대한 빨리 호로 섬으로 가야 하는 진운은 레이나를 한번 쳐다보았다.

하지만 레이나는 그저 고개를 끄덕이는 것으로 진운의 마음대로 하라는 뜻을 비추었다.

"그냥 데려다주세요. 대신 1,500페소 어때요?"

급하게 가긴 해야겠지만 그렇다고 바가지요금을 그대로 다 줄 생각은 없었기에 바로 500페소를 깎아 버린 진운이었다.

현지인도 진운을 한번 물끄러미 보더니,

"1,800페소!"

살짝 200페소가 깎여 있었다.

당연히 이런 기회를 놓칠 진운이 아니기에 즉각,

"1,600페소!"

라고 재빨리 외치자 현지인은 순간 반사적으로,

"1,700페소!"

하고 말해 버렸다.

그런데 그 순간 진운이 현지인의 손을 잡으면서,

"낙찰~"

이라는 말과 함께 100페소짜리 열일곱 장을 손에 쥐어주었다.

"이야……. 대단한 양반이구만. 나한테서 300페소나 깎다니 말야."

사실 2,000페소라고 하지만 여행객, 특히 필리핀의 관광지라는 것을 생각하면 크게 부담되는 가격은 아니었다.

그래서 2,000페소라고 해도 자신이 가고 싶은 섬이나 그런 곳이 있으면 대부분 그 가격에 가는데 진운은 그것도 깎아버린 것이다.

그리고 현지인에게서 여행객이 300페소나 깎은 적도 처음이었다.

"가시죠."

진운이 먼저 현지인에게 가자고 말하자 그 모습에 피식 웃은 현지인은,

"당신 피부만 검으면 필리핀 사람이라고 해도 믿겠구만."

나름 칭찬에 진운도 피식 웃으면서,
"별말씀을~"
대답해 주었다.

Chapter 13
필리핀 해적

허름한 어선.

진운이 현지인을 따라 도착한 곳은 항구가 아닌 일반적인 해변이었다.

그리고 배도 마치 카누를 커다랗게 늘려놓은 듯한 모양에 양쪽에 균형을 위해서 물에 잘 뜨는 나무를 받쳐놓은 모습인 것이다.

그래도 어선인지 중간에 차양막으로 사용하는 작은 천막이 쳐져 있었고 배 뒤쪽에는 모터 보트에서 사용하는 엔진에 기다란 봉이 물속에 잠겨 있는 정말 이색적인 모습이었다.

무엇보다 이 배가 과연 호로까지 무사히 갈 수나 있을까? 하는 생각이 들 정도로 뭔가 조금은 허약해 보이기까지 했다.

"타요~"

아무렇지 않게 배에 올라탄 현지인이 손짓하자 진운은,

"아, 돈을 미리 주지 말걸……."

오히려 돈을 깎으려고 한꺼번에 미리 다 줘버린 것을 후회해 버렸다.

저런 사람의 손에 한번 돈이 들어가면 웬만해서는 다시 나오는 일이 없을 테니 말이다.

아니, 절대로 다시 돈을 돌려주지 않을 것이다.

어차피 진운과 레이나를 여행객으로 생각하는데 무엇 때문에 친절하게 돈을 환불해 주겠는가.

이번에 보면 끝인데 말이다.

그런데 막상 올라타 보니 의외로 배의 모양이 날씬해서 그런지 빨랐다.

"어때요? 빠르죠?"

현지인은 자신의 배가 빠르다는 것에 진운이 조금 놀란 표정이자 자랑스럽게 말하는데,

씨익~

진운은 그저 웃을 뿐이었다.

그리고 바다로 나와 보니 지금 자신들이 타고 있는 배와 똑같은 배가 한둘이 아닌 것이다.

일반적으로 어선하면 떠올리는 모양은 필리핀에서는 거의 찾아볼 수가 없었다.

그리고 날씨도 좋은 편이라 그런지 파도도 잔잔해서 오히려 정기선보다 빠르게 이동하는 중이었다.

타타타타… 타타타타… 타타타타… 타타…….

일정한 리듬으로 들리는 오래된 엔진의 탁한 소리를 들으면서 바닷바람을 느끼는 진운과 레이나는 뭐 이대로 가면 한 시간 안에 호로 섬에 도착할 수 있을 것 같았기에 조금 비싸긴 했지만 만족하는 중이었다.

그런데 조금 이상함을 느낀 것은 조금씩 배의 속도가 빨라지고 있다는 것과 조금 전까지 일정한 리듬으로 들리던 엔진의 탁한 소리가 지금은 거의 맹렬하게 돌아가는지 리듬이 사라져 버렸다는 점이었다.

"뭐지?"

배 앞만 바라보던 진운이 엔진과 배의 속도가 이상하게 빠르다는 것에 고개를 돌려 현지인을 보자 조금 전에 느긋하게 자기 배를 자랑하던 모습은 사라져 버렸다.

그리고 오로지 엔진을 강하게 돌리기 위해 손잡이 레버

를 최대한 꺾어서 잡고 있는 모습이었다.

더군다나 온몸에 식은땀과 함께 계속 뒤쪽을 쳐다보면서 초조해하고 있었다.

"무슨 일이죠?"

누가 봐도 지금 현지인의 모습은 이상했기에 진운이 물어보자,

"손님, 무게 나가는 것은 모두 버려주세요 얼른!!"

"……?"

무작정 무게가 나가는 것을 버려달라는 말에 진운이 고개를 갸웃거렸다.

"지금 뒤에 해적이 따라오고 있어요!! 어서요!! 잡히면 저나 손님 모두 죽은 목숨이라구요!! 저 녀석들은 장기를 빼다가 팔아먹는 녀석들이라 인질이나 그런 거 없어요. 그리고 거기 부인도 서둘러 주세요!!"

자신은 엔진을 잡고 있기에 꼼짝을 못하니 대신 배에 있는 그물이며 여러 가지 잡다한 것들 중에 무조건 무게 나가는 것은 다 버려달라고 한 것이다.

진운은 그런 것보다 일어서 뒤쪽으로 가더니 정말 현지인의 말대로 세 척의 배가 빠르게 따라오고 있었다.

그런데 지금 자신들이 타고 있는 배와는 엔진부터가 완전 다른 소리가 귓가에 들려온 것이다.

"트윈 엔진이네."

오래된 싱글 엔진과 지금 뒤에서 따라오는 해적들이 타고 있는 배에 달린 신형 트윈엔진의 차이는 거의 하늘과 땅 차이었다.

특히나 진운이 보기에도 해적선은 최대한 속도를 빠르게 하기 위해 뾰족한 모양이었다.

거기에 반해, 현지인의 배는 카누를 조금 크게 만든 것처럼 적당히 둥그스름한 모양에 무게까지 제법 나가는데다가, 낡은 배이다 보니 여기 있는 물건 다 버려도 도망치는 것은 애초에 불가능했다.

거기다 무려 세 대가 동시에 따라 오고 있는 상황이었다.

일반적인 상황이라면 꼼짝없이 해적들의 손에 잡혀서 온몸이 해체되는 끔직한 경험을 할 수밖에 없었다.

"엔진 끄세요."

"뭐요?!!"

갑자기 지운이 현지인에게 엔진을 끄라고 하자 무슨 그런 미친 소리를 하느냐는 식으로 눈을 부릅뜨고는 큰 소리 치려는 순간,

쾅!!

"헉!!"

결국 오래된 중고 엔진이 버틸 수 있는 한계를 넘어버린

것이다.

진운이 엔진을 끄라고 했을 때 껐으면 그나마 다시 식혔다가 움직일 수라도 있을 텐데 딱 봐도 냉각을 담당하는 쪽이 터져 버린 게 분명해 보였다.

다시 말해, 육지로 가서 수리하지 않는 이상 꼼짝없이 바다에 표류하게 생겨 버린 것이다.

"으악!! 죽을 거야!! 우린 죽는다고!!"

엔진은 터져 버렸고 뒤에서 악명 높은 필리핀 해적은 빠르게 다가오고 있는 상황에 결국 현지인은 멘붕이 왔는지 바다에 뛰어들어 헤엄쳐서라도 도망치려는 듯 바다에 뛰어들려고 했다.

그러나 다행히 진운의 목덜미를 잡아서 최소한 물속에 빠져 죽는 것은 면했다.

"왜!! 왜 잡아요!! 이대로 죽을 순 없다구!!"

오히려 바다에 뛰어들려는 자신을 잡은 진운을 향해 고래고래 소리치면서 어떻게든 벗어나려고 양팔과 다리를 휘둘러서 진운을 사정없이 때리기 시작했다.

하지만 진운은 그런 것에 아랑곳하지 않고 살짝 쥐고 있던 목에 힘을 주었을 뿐이다.

그러자,

"헙!!"

삣삣!!

갑자기 양팔과 다리를 휘두르면서 난리치던 현지인의 몸이 차렷 자세가 되더니 그대로 빳빳하게 굳어버렸다.

"죽지 않으니 걱정마세요."

그 말을 하고는 레이나 곁으로 가서 억지로 앉혀 버렸다.

"부탁해."

진운이 나직하게 말하자 레이나는 웃으면서,

―응, 그런데 다 죽일 셈이야?

"응."

―…하긴, 장기매매 한다고 했으니.

필리핀 해적이 악명이 높은 것은 다른 이유가 아니라 바로 인질을 살려두지 않기 때문이었다.

이들의 목적은 인질의 목숨값이 아니었다.

돈 받기도 힘들고, 재수없으면 지명수배까지 되어서 평생을 도망 다녀야 하는 짓을 뭐하러 한단 말인가.

그냥 한적한 바다에 홀려 떠다니는 배 납치해서 사람 뱃가죽을 갈라 장기를 내다 팔면 편하고 돈도 많이 벌 수 있는데 말이다.

소말리아 해적은 세계적으로 유명하긴 하지만, 사실상 커다란 배만 전문적으로 상대하는 나름 규모가 있는 해적이었다.

하지만 필리핀 해적은 지금 보다시피 빠른 쾌속정을 이용해서 빠르면 몇 분 사이에도 순식간에 납치해 버리고 배는 물속에 가라 앉혀버리는 일이 허다했다.

그리고 납치한 사람은 장기 밀매업자에게 팔아넘기면 이 세상에서 영원히 실종되어 버리는 것이다.

그렇다 보니 필리핀 해적의 구성은 많아 봐야 열 명, 적으면 네 명 정도로 구성되어 있는 경우가 대부분이었다.

게다가 워낙에 벌이가 좋다 보니 쾌속정에 트윈엔진, 아니면 트리플 엔진으로 중무장해서 한 번 걸리면 웬만한 어선은 도망치는 것 자체가 애초에 불가능했다.

타타타탕탕탕!!

"신났구만."

도망치다 엔진이 터지는 소리와 함께 검은 연기가 피어오르는 것을 본 해적들은 거의 가서 줍기만 하면 된다고 생각에 기분이 좋은지 허공에 총을 쏘면서 방방 뛰고 난리치고 있었다.

또한 일부러 겁주기 위해서 진운이 타고 있는 배 주변으로 조종간을 자동으로 놓고 위협사격까지 하면서 겁을 주기도 했다.

드르르르륵!

첨첨첨첨첨첨첨벙!!

일반적인 여행객이라면 지금 제정신이 아닐 것이다.

죽음의 공포, 거기다 총알이 옆으로 날아다니고 미친 듯이 소리치면서 허공에 총을 쏘는 해적들의 모습을 일반 여행객들이 살면서 몇 번이나 보겠는가?

당연히 보통은 해적들이 배에 닿기도 전에 스스로 정신줄을 놓아버리는 경우가 대부분이었다.

조금 전 바다로 뛰어들려고 했던 현지인만 봐도 알 수 있으니 말이다.

그때 해적 중에 하나가 쌍안경으로 배를 살피더니,

"와!! 여자다!! 그것도 금발에 외국인! 죽인다!!"

"어디!! 어디!!"

일반적으로 어부들이 대부분 잡히는 상황에 아주 가뭄에 콩 나듯 여행객도 걸리는 경우가 있었다.

하지만 그렇게 걸리는 경우도 거의 늙었거나 여자라도 그냥 장기매매용으로 딱 어울리는 사람이 대부분이었는데, 지금 해적들 눈에 보인 레이나는 아주 최상급인 것이다.

이건 장기매매로 팔기보다 데리고 있으면서 죽을 때까지 가지고 놀아도 충분한 값어치가 있어 보이기까지 했다.

"빨리!! 어서 빨리!!"

레이나를 보자 흥분해 있는 해적들은 완전히 발정난 개

마냥 완전 미쳐 버렸다.

그리고 이미 엔진이 고장 나서 더 이상 도망가지도 못하는 배를 나눠서 사방으로 둘러싸더니,

철컥!!

총을 겨누고는 멀뚱하니 서 있는 진운을 향해 소리쳤다.

"손들어!!"

총부리가 겨눠지고 있는데도 진운은 오히려 웃으면서 정확한 타갈로그어를 구사하며 물었다.

"나? 아니면 저쪽?"

"……!!"

흑발에 누가 봐도 동아시아인으로 보이는 진운의 입에서 마치 눈만 감으면 같은 필리핀 사람이 말하는 것처럼 생각될 법한 능숙한 타갈로그어가 터져나오자 살짝 당황했다.

하지만 곧 오히려 말이 통하면 협박하기 더 좋다는 생각에 웃으면서,

"모두 다 손들어!!"

탕!!

일부러 진운의 바로 옆, 바다를 향해 한 방 쏴주었다.

보통 이렇게 한 방 쏴주면 아무리 허세가 대단한 녀석이

라고 해도 오줌을 지리면서 기절하거나 살려달라고 울면서
매달리는 것이 대부분이었다.

그런데,

씨익~

어찌된 것인지 해적의 눈앞에 서 있는 진운은 그저 웃고
있는 것이다.

해적은 순간 저놈이 미쳤나? 하는 생각에 다시 총부리를
살짝 아래로 내리자,

"그래서 어디 내가 맞겠어?"

"뭣!!"

오히려 자신을 도발하기까지 하는 것이다.

해적은 도대체 저놈이 제정신이 박힌 놈인지 의심스럽기
까지 했다.

지금까지 몇 년을 해적질을 하면서 수백 명을 팔아 넘겼
지만 단언컨대 지금 자신의 눈앞에서 웃고 있는 진운 같은
놈은 처음이었다.

"이 새끼가!! 죽고 싶어!!"

어차피 말이 통하니 큰 소리로 협박했지만 오히려 그런
녀석을 향해 손짓까지 하면서,

"쏴봐 요기 요기!!"

정확하게 심장을 손가락으로 가리키면서 쏴보라고 약 올

리고 있었다.

"저자식이!! 아주 간이 배 밖으로 나온 미친놈이구만!!"

그 모습을 지켜보던 동료 해적도,

"야~ 저런 놈은 줘도 안 팔려! 그냥 쏴버려!"

이미 레이나에 모든 시선이 집중되어 있으니 남자 하나쯤이야 뭐 없는 셈 치면 된다고 생각했는지 얼른 쏴버리고 뜨자고 재촉하기 시작했다.

"알았어! 밧줄이나 준비해. 머리통을 확 날려 버릴 테니까 말야."

동료 해적에게 투덜거리듯 한 소리 하고는 다시 진운을 보았을 때,

씨익~

여전히 웃고 있는 얼굴이었을 뿐이다.

해적은 결국 저 웃는 얼굴에 시원하게 바람 구멍을 뚫어 주고 싶다는 생각이 들었다.

그래서 진운이 손가락으로 가리킨 가슴이 아니라 머리, 그것도 웃고 있는 입을 향해 겨누고는,

탕!!

방아쇠를 당겨 버렸다.

당연히 총알에 머리가 시원하게 날아가고 뒤로 넘어가면서 바다 속으로 사라지는 것을 생각했던 해적은 총부리를

살짝 내리면서 다시 바라보았다.

한데,

"이런… 일부러 심장으로 쏘라고 알려줬는데 입을 쏘면… 재미없는데 말야."

"……!!"

분명히 저기 건너편 배에 있어야 할 진운이 자신의 코앞에 나타난 것이다.

그리고 무언가 스쳤다고 생각이 드는 순간 갑자기 자신의 등 뒤에 있던 동료의 얼굴이 보였다.

'뭐지, 왜 저 녀석이 보이는 거야? 그리고 왜 저리 놀라?'

순간 무슨 상황이 벌어진 것인지도 모를 만큼 멍하던 해적의 몸이 힘없이 허물어져 버렸다.

털썩.

그리고 목이 완전 뒤로 돌아가 죽어버린 녀석의 목을 다시 한 번 발을 살짝 들어,

빠지직!!

밟아버린 진운은 슬쩍 고개를 돌렸는데,

씨익~

처음 그대로 웃는 얼굴인 것이다.

"미, 미… 미친놈이다!!"

사람을 목을 비틀어 꺾어서 죽인 것도 모자라 돌아간 목을 다시 밟아 죽이면서 웃고 있다니 누가 봐도 진운은 미친 놈으로 보였다.

"오!! 오지 마!!"

철컥!!

진운의 웃는 얼굴과 마주한 해적이 황급히 자신의 허리에 있는 총의 노리쇠를 당기더니,

타타타타타타타타!!

그대로 자동으로 놓고는 그대로 난사해 버렸다.

철컥… 철컥… 철컥…….

탄창 하나를 완전히 비워 버릴 만큼 정신없이 방아쇠를 당겼던 해적은 탄창이 비었다는 신호인 빈 쇳소리에 정신을 차렸다.

그리고 앞을 보니 당연히 피범벅이 되어 죽었어야 할 진운이 사라지고 없었다.

대신 진운의 뒤에 있던 자신의 동료 해적 네 명이 벌집이 되어 죽어버린 모습만 보일 뿐이었다.

"으악!! 뭐야 저건!! 왜 저 녀석들이 죽어!!"

자기가 쏜 총에 동료가 죽었다는 것은 전혀 이해하지 못한 채 왜 죽었어야 할 진운이 죽지 않고 사라졌는지 머릿속으로 이해가 되지 않는 해적이었다.

“잘했어.”

그때 갑자기 옆에서 들리는 나직한 목소리에 천천히 고개를 돌린 해적은, 잔인하게 웃고 있는 진운의 미소를 볼 수 있었다.

으드득!!

그리고 그게 해적이 살아서 마지막으로 본 미소이기도 했다.

“저건 뭐야, 도대체…….”

세 대의 해적선 중에 두 대에 있던 해적 여섯 명이 단 몇 초 사이에 다 죽어버렸다.

그것도 겁에 질려 미쳐 버린 해적이 자기 손으로 동료를 향해 미친 듯이 갈겨 버린 것이다.

그나마 가장 앞에 자리 잡았던 남은 한 척의 해적선은 피해가 없었다.

하지만 그 위에 타고 있던 세 명의 해적은 지금 자신들 눈앞에 무슨 일이 일어났는지 도무지 이해가 되지 않고 있었다.

자신들은 해적이었다.

바다에서는 그 누구보다 강하고, 잔인하고 무서울 게 없는 해적 말이다.

그런데 지금 자신들이 본 것은 뭐란 말인가?

목을 부러뜨려 죽인 시체를 다시 밟아 죽이고 최대한 공포를 줘서 이성을 잃게 만들어 동료를 향해 총질하게 만들어 버리는 저 악마는 도대체 뭐란 말인가.

머리가 이해하기에는 너무나 짧은 순간에 이뤄진 일이었다.

진운이 두 척의 해적선에서 마지막까지 살아남아 있던 해적의 귓가에 속삭이면서 죽여 버리기까지 걸린 시간은 불과 10초 남짓이었다.

그리고 그 악마적인 미소를 짓고 있는 미소가 이번에는 자신들을 향해 환하게 웃고 있는 모습을 본 것이다.

"악마다……! 악마야!!"

눈앞에서 사라졌다가 다시 나타나는 진운의 움직임에 이미 이성적인 판단이 불가능해져 버린 해적이었다.

특히나 절대적인 우위에 있던 해적들에게 지금 같은 경우는 도저히 일어나서도 안 되고, 일어날 수도 없는 일이었다.

그런데 현실은 일어나 버린 것이다.

우드득!!

악마의 미소가 눈앞에서 사라졌다고 느끼는 순간 귀에 뼈가 부서지는 소리가 들리더니,

털썩…….

옆에 있던 해적 하나가 목이 꽈배기처럼 완전 꼬여 버린 채 죽어버렸다.

그리고 다시 들린 소리는,

꽈작!!

남은 두 명 중 한 명의 목이 'ㄱ' 자로 꺾이면서 혀를 길게 빼물며 죽어버리는 모습이었다.

"이런 일이… 일어날 순 없어……. 난 해적이야, 해적… 해적이라고……."

순식간에 다 죽어버린 동료를 눈으로 보면서 완전 넋이 나가 버린 마지막 녀석을 향해 진운이 고개를 돌리더니 마치 대답하듯,

"알아. 너 해적인 거……. 그래서 죽는 거야."

으드득!!

한순간 세상이 한 바퀴 돈다는 느낌이 드는 순간 눈앞이 캄캄해지더니 마지막 남은 해적도 그렇게 죽어버렸다.

휙~

첨벙~!

휙~

첨벙~!

"……."

진운과 레이나를 태워주기로 했던 현지인은 지금 자신이

본 것이 현실인지 꿈인지 쉽게 구분이 가지 않았다.

해적에게 쫓겼고, 당연히 자신은 이제 온몸이 난도질되고 장기가 잘려 나가서 쓰레기처럼 버려질 것으로 생각했던 것이다.

그런데 마치 꿈을 꾼 것처럼 잠시 정신이 몽롱한 상태였다가 깨어나 보니 자신이 태웠던 여행객이 죽어버린 해적을 마치 바다에 쓰레기 버리듯 집어 던지고 있는 것이다.

그리고 어떻게 피 냄새를 맡고 왔는지 진운이 던지는 족족 상어들이 입을 내밀면서 낚아채는 묘기 아닌 묘기까지 보여주고 있었다.

그리고 그렇게 모든 해적의 시체를 바다에 던져 버린 후에 해적의 배에서 엔진을 맨손으로 뜯어내는 게 아닌가?

으드득!!

나무이긴 했지만 절대로 사람의 힘을 뜯을 수 없는 엔진을 너무나 가볍게 뜯어버리더니 자신의 배에 가져와서 잠시 살펴보았다.

그러곤 곧바로 터져 버린 낡은 엔진은 바다에 던져 버리고는 해적선에 있던 트윈엔진을 자신이 직접 달아주기까지 했다.

그리고 나머지 두 척의 해적선에서도 트윈엔진을 뜯어내더니 배에 실어버렸다.

"가던 길 어서 가죠? 트윈 엔진이면 원래 예정했던 시간에 도착하겠죠?"

마치 아무 일 없었다는 듯 너무나 편안한 진운의 모습에 현지인은 고개를 갸웃거리더니,

"뭐지……? 해적에게… 쫓기고… 그리고 기절하고……."

아직도 살짝 몽롱한 상태여서인지 지금 자신이 본 것이 꿈인지 생시인지 구분을 잘 하지 못하는 것이다.

그리고 마지막으로 바다 위에 떠 있던 해적선들이 모두 물속으로 가라앉아 버리자 처음부터 해적은 존재하지 않았던 것처럼 바다는 너무나 고요하면서도 깨끗했다.

"안 가요?"

"네? 아, 네, 가아죠."

현지인이 습관대로 엔지 레버를 힘껏 돌리자,

부아아아아아아앙!!

"헉!!"

언제나 들던 오래된 중고 엔진 소리가 아니라 마치 한 마리 날뛰는 야생마가 울부짖는 듯한 엔진음이 들리더니 배가 총알처럼 튀어나가 버렸다.

"하… 하… 하하하하하하하!!"

트윈엔진이었다.

자신의 고기잡이 생활로 버는 돈과 죽어라고 여행객 꾀어서 실어다 날라도 평생가도 구경조차 못 해볼 트윈 엔진의 매력에 완전 취해 버린 현지인이었다.

그리고 30분 만에 진운이 원했던 호로 섬에 도착한 것이다.

"손님, 저 남은 엔진은……?"

사실 진운이 이제 와서 엔진을 달라고 하면 꼼짝없이 줘야 했다.

그래서 슬그머니 물어보는 현지인에게 진운은 웃으면서 대꾸했다.

"그냥 가지세요, 전 필요없으니."

진운의 말에 순식간에 입이 찢어져라 벌어진 현지인은 되묻는 것을 잊지 않았다.

"정말이죠, 손님?"

"네."

저 비싼 것을 한 개도 아니고 무려 세 개 다 그냥 준다는 말에 현지인은 서둘러 주머니를 뒤지더니 진운에게 받은 1,700페소를 다시 돌려주었다.

"복 받으실 겁니다, 손님!!"

그러고는 혹시라도 진운의 마음이 바뀔라 서둘러 사라져

버렸다.

"훗……."

그 모습에 진운은 웃을 뿐이었고, 레이라도 작게 미소 지을 뿐이었다.

Chapter 14
호로 섬

"생각보다 섬이 크네?"

진운은 지도를 보고 그냥 작은 울릉도 정도로 생각했는데 막상 와보니 울릉도보다는 훨씬 컸다.

무엇보다 마치 제주도와 비슷하지 않을까 하는 추측만 할 뿐이었다.

"이제 여기서 찾아야 한다는 거네."

호로 섬까지 정말 많은 우여곡절 끝에 도착은 했는데 막상 와보니 이건 생각 이상으로 섬의 크기가 너무 컸기에 어디서부터 찾아봐야 할지 난감한 상황이었다.

―진운.

"응?"

―미군을 찾자.

"미군? …아, 그렇지."

어차피 야마시타 골드를 발견했으면 그걸 그냥 그곳에서 두고 구경할 리가 없으니 당연히 옮길 것이다.

그리고 가장 보안 유지가 잘되면서 부리기 쉬운 녀석들은?

바로 군인들이었다.

명령에 죽고 사는 군인이라면 시키면 시키는 대로 잘할 테니 말이다.

"서두르자."

―응.

진운과 레이나가 최대한 마법과 감각을 동원해서 움직이려고 하는 순간,

지이이잉!!

지이이잉!!

진운과 레이나 동시에 손목의 시계가 진동을 일으켰다.

딸각!

어차피 시계를 통해 연락할 사람이 정해져 있기에 버튼을 돌렸다.

[자네들 어디 있는가?]

그동안 완전 잠수 타고 있던 베이스퍼의 얼굴이 홀로그램처럼 허공에 떠올랐는데 동시에 같은 얼굴이 허공에 떠 있으면서 똑같이 말하는 것이 조금 우스꽝스러워 보이기까지 했다.

"이제야 연락이 되는군요."

[아, 미안하네. 아무래도 나 때문에 기습을 당한 것 같아서 최대한 흔적을 숨기려고 했었다네. 그보다 어디인가? 좌표를 보니 거의 남쪽 끝에 있는 걸로 보이는데.]

베이스퍼도 같은 시계를 사용하니 좌표를 추적한 모양이었다.

"여기 호로 섬입니다."

[응? …설마 둘이서 갔다는 말인가?]

베이스퍼는 진운과 레이나가 이미 호로 섬에 도착했다는 말에 화들짝 놀라면서 다시 물어보자,

"네, 연락이 안 되니 기다리기보다는 먼저 움직였습니다."

[이런……. 하지만 이미 도착한 걸 어쩔 수 없지. 그보다 중요한 정보가 있어서 이렇게 연락했네.]

"네?"

[우리를 기습했던 녀석이 바로 테칸의 쌍둥이형제인 로

이칸이네.]

"……."

로이칸이라는 이름을 중요하다고 굳이 이제 와서 이야기할 이유가 없었는데 이야기하는 모습에 진운은 슬그머니,

"설마… 테칸과 로이칸 둘 다 호로 섬에 있다는 말은 아니시죠?"

[둘 다 있는 것으로 확인했네…….]

"젠장……."

재수없는 놈을 뒤로 넘어져도 코가 깨진다고 했던가?

혹시라도 테칸이 다시 사라지면 어쩔까 싶은 조바심에 힘들게 호로 섬까지 왔는데, 막상 와보니 테칸과 로이칸 둘 다 아주 세트로 대기 중이라는 베이스퍼의 말에 진운은 자신도 모르게 화가 나버렸다.

[서두르게. 움직이지 말고 우선 안전한 곳을 찾아 기다리게나. 내가 곧바로 그쪽으로 갈 테니 말야. 지금 자네와 레이디 레이나의 힘을 합친다고 해도 테칸과 로이칸이 함께 있는 한 절대로 죽이는 것은 불가능하니.]

"…네 알겠습니다."

어쩔 수 없이 우선 베이스퍼를 기다려야만 했기에 모든 계획을 우선 멈출 수밖에 없었다.

이후, 진운과 레이나는 해변가를 걷다가 작은 동굴로 보

이는 곳으로 들어가 쉬기로 했다.

"적어도… 내일은 되어야 도착하겠지?"

베이스퍼는 CIA에 쫓기는 몸이었기에 진운과 레이나처럼 비행기를 타고 빠르게 오는 것은 사실상 불가능해 보였다.

그렇다면 당연히 오는 것은 육로 아니면 해로인데 마지막에 베이스퍼와 헤어진 바탕가스에서 이곳 호로 섬까지 거리는 엄청나게 먼 거리인 것이다.

해로를 통해서 오든, 아니면 육로를 통해서 오든 무조건 내일이 되어야 얼굴을 다시 볼 수 있을 것 같다는 생각에 진운은 동굴 바닥에 그냥 누워 버렸다.

물이 들어온 적이 없는지 이끼는커녕 바싹 말라 있는 돌바닥에 은근히 낮 동안 햇빛을 받았는지 뜨끈뜨끈하기까지 했다.

─그런데… 진운은 테칸이라는 녀석을 상대로 이길 자신은 있어?

베이스퍼에게도 완전히 헛손질에 헛수고가 난무했던 것을 똑똑히 지켜본 레이나였기에 슬쩍 말을 꺼내본 것이다.

"…자신이라……. 솔직히 모르겠어. 뭐, 나도 베이스퍼와의 대결해서 느낀 게 많으니까……."

─미안해, 내가 처음부터 기사들이 쓰는 검술부터 가르

쳤어야 했는데.

이유야 어찌 되었든 현재 진운을 만든 것은 레이나의 역할이 너무나도 컸었다.

하지만 이제 와서 보니 자신이 잘못 가르쳤던 것을 깨닫게 되었기에 사과한 것이다.

"미안해할 필요 없어. 그 당시에는 오로지 살아남는 것만이 목표였잖아. 그리고 마지막으로 선택한 것도 나 자신이었어."

시작은 강제적으로 시작했지만, 결과적으로 급속도록 실력이 늘어나기 시작한 것은 진운 스스로 인정하고 받아들이고 난 뒤였다.

그러니 레이나가 사과할 필요가 없는 것이다.

시작이야 어찌 되었든 결과적으로 받아들인 것은 진운의 몫이었으니 말이다.

—무슨 좋은 방법이라도 있어?

레이나가 생각할 때 지금 진운에게 가장 좋은 방법은 지금까지 배운 마스터 검술을 버리고 처음부터 기초를 다시 쌓는 것이었다.

물론 기초부터라고 해도 이미 인간을 초월한 경지에 도달해 있으니 그리 오랜 시간이 걸리진 않을 것은 분명했다.

하지만 그렇다고 해도 최소한 몇 년일 것이다.

특히나 검은 기초가 검의 모든 것을 좌우한다고 해도 과언이 아니었다.

사실 검술이라고 사람들이 떠벌리기를 좋아하지만 막상 알고 보면 크게 대단한 것도 없었다.

그저 내려치기, 횡베기, 종베기, 올려치기, 사선베기가 전부였던 것이다.

이 기본적인 네 가지 베기를 어떻게 연결하고 조합하느냐에 따라서 검술이 달라지는 것이고, 거기에 몸의 움직임까지 더해지면 비로소 보법이 생겼다.

깊이 들어가면 무슨 심법이니 마나를 다스리는 방법이 제법 많긴 했다.

하지만 대륙의 그 허접한 검술로도 마스터에 오르는 인간이 타나날 정도로 검술이나 근본만 깨우치면 결과적으로 크게 다를 게 없다는 말이었다.

"방법이라……. 사실… 그런 거 없어."

당장에라도 눈앞에 테칸이 나타나면 달려들 것처럼 움직이던 진운이었기에 레이나는 뭔가 생각이 있는 줄 알았다.

보기에는 무턱대고 움직이고 행동하는 것처럼 보일지 모르지만 진운을 가장 가까이서 오래 지켜본 레이나는 분명히 뭔가 숨겨둔 비기라도 있기에 저렇게 테칸을 못 잡아서 안달 났다고 생각하고 있었던 것이다.

그런데 진심으로 아무런 계획도 대비도 없이 테칸을 잡으려고 여기까지 왔다는 말에 레이나가 눈에 띄게 놀란 표정을 짓자,

"뭘 그렇게 놀래?"

─위험해, 이번 계획은.

냉정한 레이나가 아무리 생각해도 아무란 대비도 방비도 없이 지금 테칸을 만난다는 것은 진운에게 너무나 불리하기만 했다.

그래서 단호하게 한마디 했지만 그런 레이나의 반응에도 진운은 오히려 웃었다.

"걱정마……. 같은 상대에게 두 번의 패배는 없으니까."

─…….

마치 무언가 대단한 것이라도 감추고 있는 듯 너무나 여유로워 보이기까지 하자 오히려 레이나가 혼란스러웠다.

방금 전에 아무런 계획이 없다는 말을 할 때 분명히 진실이 느껴졌었는데, 두 번의 패배가 없다는 말을 할 때도 진실인 것이다.

─진운… 나한테 뭐 감추는 거 있어?

"내가? 아니 그런 거 없어."

방금 그 말도 진실이었다.

숨기는 것도 없고, 계획도 없었다.

그런데 패배는 없다는 말이 레이나로서는 쉽게 이해가 가지 않는 것이다.

"레이나, 그렇게 조급해하지 마."

—내, 내가?

"난 지금까지 레이나에게 숨긴 것도 없고, 숨길 생각도 없으니까 말야. 그냥……."

말꼬리는 흘리던 진운은 자신의 눈을 뚫어지게 쳐다보고 있는 레이나의 눈동자를 보면서,

"그냥 질 것 같지 않아, 그게 전부야."

—…헐…….

정말 '헐'이라는 말이 저절로 나와 버린 레이나였다.

느낌이라니?

확실한 실력 차가 있어도 승부를 장담하지 못하는 것이 목숨을 건 대결이었다.

특히나 진운은 어깨에 짊어지고 있는 무게가 결코 가볍지 않은 것이다.

바벨의 탑? 아버지의 복수? 마신의 봉인? 무엇 하나 쉬운 게 없었다.

운명인지 아니면 신의 장난인지 모르지만 이 세 가지 모두가 하나로 연결이 되어 있긴 하지만 사실 하나씩 따로 놓고 봐도 인생을 모두 투자해도 성공할까 말까 한 것들이었다.

그런 것을 보면 진운은 현재까지 정말 열심히 해왔다고 할 수 있는 편이다.

복잡하게 얽히고 꼬여서 느리긴 하지만 차근차근 하나씩 밟고 올라서고 있으니 말이다.

하지만 그런 진운에게 가장 필요한 것이 바로 무력이란 점도 부정할 수 없는 사실이었다.

사실 지금까지는 진운이 가진 무력이면 충분하다고 생각했고, 레니아도 그건 믿어 의심치 않았는데 최근에 그 믿음이 두 번이가 깨져 버린 것이다.

이미 진운 혼자서 지구로 넘어왔을 때, 철저하게 농락당하는 수준으로 놀림을 받아가면서 패배했다는 말을 들었다.

두 번째는 레이나가 보는 앞에서 완전 무력하게 무너지는 것까지 보았는데 걱정하지 말라는 말에 안심이 되겠는가?

―진운, 차라리 칼라드볼그의 힘을 빌려.

"칼라드볼그의 힘……???"

레이나의 말에 오히려 진운이 무슨 말인지 모르겠다는 듯 물어보자

―마신을 죽이는 검이야, 그런 검이 평범할 리가 없잖아 안 그래?

“…풋!! 푸하하하하!!”

레이나는 답답해 죽을 판인데 정작 당사자인 진운은 갑자기 큰 소리로 웃기 시작했다.

―왜 웃는 거야?

“그냥 웃겨서 그래.”

―뭐가 웃겨? 난 지금 심각해!

확실히 자신의 마음이 들킨 뒤로 매사에 냉정하던 레이나가 많이 변하긴 했다고 느끼는 진운이었다.

여자가 사랑을 하면 변한다고 했지만 레이나도 저렇게까지 변할 줄은 몰랐던 것이다.

엘프이기에 사랑도 냉정하게 할 줄 알았던 진운은 지금 레이나의 모습은 그냥 평범하게 사랑하는 여느 여자들과 전혀 다를 바가 없었다.

아니, 오히려 너무 논리적으로 행동하던 습관 때문에 이상한 생각까지 하는 듯했다.

“내가 말을 안 했지만… 테칸과 싸울 때 칼라드볼그를 손에 쥐고 있었어.”

―…그러고도 패했다는 거야?

레이나는 믿을 수가 없다는 듯한 표정을 짓자 진운은 몸을 일으켜 앉으면서,

“이런이런, 이런……. 울려고 하네.”

─내, 내가… 안 울어.

말로는 쏘아붙이는 듯한 레이나였지만 진운의 손길을 굳이 피하진 않았다.

"그냥… 날 믿어봐……. 뭐라 설명은 못하겠는데… 질 것 같지 않아."

─…처음부터 그런 느낌이었어?

"응? …아, 아니 확신이 든 건 베이스퍼에게 시원하게 깨진 뒤부터야."

그 말은 정말 최근까지는 확신도 없이 무조건 테칸을 찾아다녔다는 말이었다.

─뭐, 뭐야……? 그건… 이해가 가지 않아…….

"세상에 논리적으로 이해해서 알 수 있는 것이 전부일까? 난 아니라고 보는데."

갑자기 어려운 말을 하기 시작하는 진운의 모습에 레이나가 그냥 쳐다보고만 있었다.

진운은 말을 이어나갔다.

"음……. 이게 참 설명이 도무지 안 되네……. 뭐랄까, 그 남자한테 참… 좋은데… 정말 좋은데… 도무지 설명할 길이 없다는 광고 본 적 있지?"

─응? …그거? 있어.

"그냥 그런 것과 흡사하다고 생각하면 가장 이해하기 쉬우려나? 나도 막연한 느낌이 확신으로 조용히 나도 모르는 사이에 바뀌어 버린 것이라서 설명할 수가 없어.”

─진운……. 하아… 나도 모르겠다, 이제는…….

진운이 하는 말이 모두 진실이라고 자신의 감각이 말하고 있으니 더 이상 캐물어봐야 자기만 답답해 질 것 같아 레이나가 먼저 그냥 포기해 버렸다.

진운의 성격상 정말 뭔가 확신이 없다면 저렇게 맹목적으로 뛰어들지 않을 것이라는 그저 자그마한 믿음만이 유일한 버팀목이었으니 말이다.

그리고 진운과 레이나가 베이스퍼와 다시 합류한 것은 다음날 새벽쯤이었다.

“생각보다 빠르게 오셨군요.”

적어도 24시간은 걸릴 것으로 예상했었는데 거의 예상한 시간에 반인 12시간 만에 도착했기에 물어보자,

“아……. 빨리 와야 된다는 생각에 해적들 배를 바꿔 타면서 무조건 달려와서 그런 것일세.”

─해적이요?

“해적……? 풋…….”

베이스퍼의 입에서 해적이라는 말이 나오자 레이나와 진운이 둘 다 동시에 입가에 웃음이 새어나와 버렸다.

그 모습을 본 베이스퍼는,

“왜들 그러나? 내가 뭐 웃긴 말이라도 했었는가?”

두 사람이 동시에 웃기에 베이스퍼는 뭔가 자신이 둘의 웃음 코드를 건드렸는지 궁금해서 물어보았다.

“아닙니다. 저희도 올 때 해적들 도움을 받았거든요.”

“오~ 그래? 이런 우연이……. 설마 자네도… 다 던져 버렸나?”

베이스퍼는 그제야 웃은 이유가 이해가 되었는지 슬쩍 물어보자,

“음……. 뭐, 상어들이 참 좋아하더군요.”

“역시 필리핀 상어는 크기는 작은 것들이 먹성은 좋단 말야…….”

안 봐도 뻔했다.

베이스퍼는 해적들을 차례로 습격해 다 바다에 던져 버리고 녀석들의 배를 타고 온 것이었다.

다만 진운과 다른 점은 베이스퍼는 일부러 해적들을 찾아다녔고 진운은 녀석들이 스스로 찾아왔다는 것만 조금 다를 뿐이었다.

『바벨의 탑』 10권에 계속…

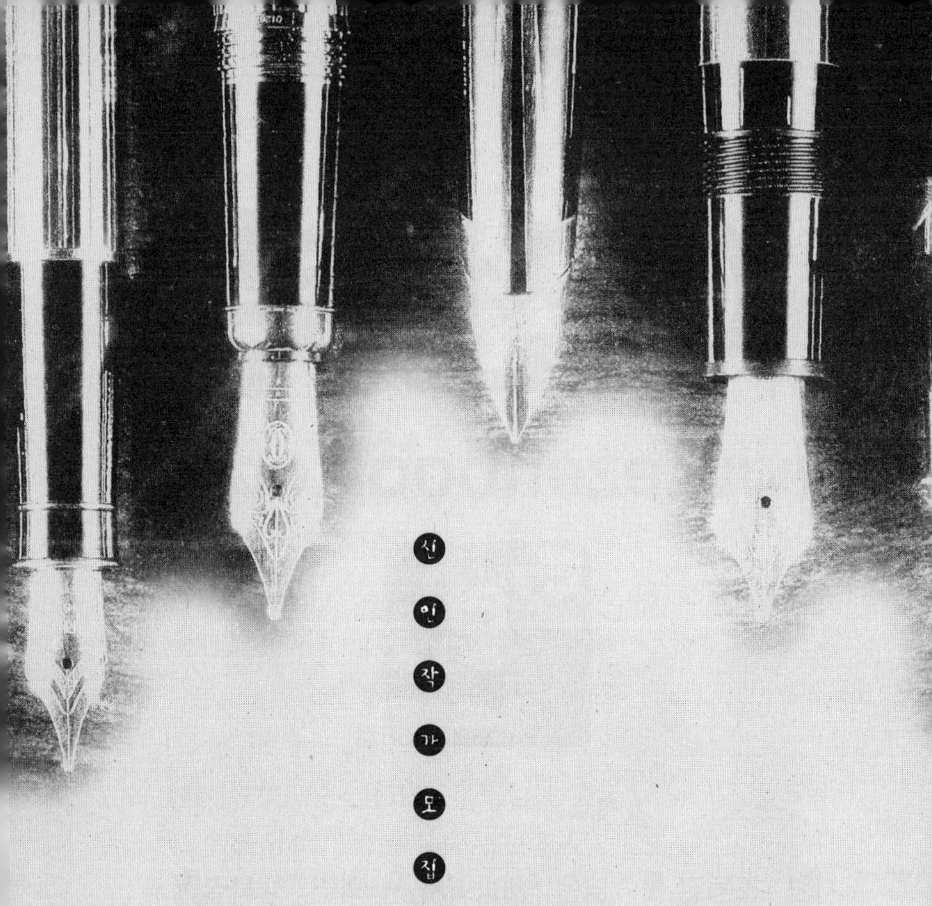
신
인
작
가
모
집

시작이 반이라고 했습니다.
작가의 길에 대한 보이지 않는 벽을 과감히 깨뜨리십시오!
청어람은 작가 지망생 여러분들의
멋진 방향타가 되어드리겠습니다.

저희 도서출판 청어람에서는
소설 신인 작가분들을 모집합니다.
판타지와 무협을 사랑하시는 분들의 많은 참여를 바랍니다.
소정의 원고(A4용지 150매)를 메일이나 우편으로 보내주시면
검토 후 출판 여부를 알려드리겠습니다.

주소:경기도 부천시 원미구 심곡2동 163-2 서경B/D 2F 우편번호 420-822
TEL:032-656-4452 · FAX:032-656-4453
http://www.chungeoram.com
e-mail:chungeoram@chungeoram.com

총수의 귀환
FUSION FANTASTIC STORY
텀블러 장편 소설